Una noche de luna

Una noche de luna

Caradog Prichard

Epílogo de Jan Morris

Traducción del inglés de Ismael Attrache

MUÑECA INFINITA

Título original: *Un Nos Ola Leuad*
Edición en inglés: *One Moonlit Night*
Por acuerdo con Canongate Books Ltd.

© del texto: Mari Prichard, 1961

© del epílogo: Jan Morris, 2009

Primera edición en Muñeca Infinita: abril de 2024

© Muñeca Rusa Editorial, S. L. U., 2024
calle del Barco, 40, 3.º D ext.
28004 Madrid
editorial@munecainfinita.com
www.munecainfinita.com

© de la traducción: Ismael Attrache, 1999, 2024

Diseño de colección y cubierta: Juan Pablo Cambariere
Maquetación: Carmen Itamad
Edición y corrección: Esther Aizpuru

ISBN: 978-84-128171-2-6
Código BIC: FA

Impresión: Kadmos

Depósito legal: M-7408-2024

Impreso en España

Nota a esta edición

Una noche de luna (Un Nos Ola Leuad) está considerada como la piedra angular de la narrativa en lengua galesa de la segunda mitad del siglo xx. Su prosa pone de manifiesto en galés, por vez primera, la herencia de las vanguardias literarias. Sin embargo, dada la escasa historia común entre el galés y el castellano en términos de recíproco intercambio literario, en 1999 la editorial Debate encomendó a Ismael Attrache traer el libro a nuestro idioma desde la edición inglesa. Dicha traducción al inglés, realizada en 1995 por Philip Mitchell bajo el título de *One moonlit night,* se considera canónica, ha sido aprobada por los herederos y albaceas del autor, es la fuente de prácticamente todas las versiones existentes de la obra en otros idiomas y la que ha permitido la difusión de un libro tan singular. Debido a la ausencia de apellido en Gales hasta hace pocos siglos, en ella se vierten en inglés todas las idiosincrasias propias del galés, como pueden ser los largos epítetos que sirven para identificar a las personas, que en nuestra edición han sido traducidos al castellano: Bob del Carro de la Leche o Johnny el Barriles de Cerveza.

En 2023, de nuevo con la aprobación de los albaceas del autor, la editorial Canongate llevó a cabo una revisión de la traducción de Mitchell para ajustarla aún más a las peculiaridades del texto original en galés. Ismael Attrache ha revisado asimismo su primera traducción y la ha adaptado a los cambios efectuados en la nueva edición inglesa, lo que hace de nuestra edición la versión más actualizada hasta la fecha, gracias a lo cual los lectores en castellano vuelven a tener a su alcance esta fascinante novela.

*Para Mati y Mari, por su paciencia
y tolerancia sin fin.*

1

Voy a ir a preguntarle a la madre de Huw si puede salir a jugar. ¿Puede Huw salir a jugar, oh, Reina del Lago Negro? No, no puede, está en la cama, que es donde deberías estar tú también, diablillo, en vez de ir por ahí armando jaleo a estas horas de la noche. ¿Y dónde estuvisteis los dos ayer haciendo travesuras y volviendo loca a la gente del pueblo?

¿A qué gente del pueblo volvimos loca? No somos nosotros los que les estamos volviendo locos, son ellos los que se están volviendo locos ellos solos. Anoche lo único que hicimos fue dar una vuelta. Ya desde por la mañana me empezaban a decir adónde vas y ten cuidado, cuando iba a Pen y Foel a buscar el rebaño de Tal Cafn y mientras cogía una cesta de setas en Ffridd Wen y arrancaba de camino a casa unas cuantas patatas del huerto de Owen de Gorlan para mi madre.

Por eso fuimos Huw y yo a la parte de atrás de la tienda de Margaret Lewis a comprar un penique de manzanas, porque como mi madre se había ido a hacer la colada de la vicaría, yo no había desayunado antes de ir a clase. Estábamos justo acabando de comérnoslas cuando llegamos a la escuela y dieron las nueve.

Además, sé quién tiró el pegote de turba por la ventana mientras rezábamos, el que dio a Price el Maestro en un lado de la cabeza mientras estaba de rodillas. Fueron Owen, el chico de Mary Ciruelas, y el Pequeño Dai, el de la tienda de los Black, que justo han acabado el cuarto curso a principios de año. Los vi largarse corriendo entre las tumbas del camposanto como dos malos espíritus.

Así que no habíamos hecho nada cuando Price el Maestro nos pegó con la vara. Llevaba toda la mañana de un humor de perros, pero después del recreo, al volver de La Campana Azul con la cara roja como una col, se puso como loco y le dio por empezar a pegarle a todo el mundo. Lo que pasó fue que Huw y yo estábamos sin querer por donde iba pasando la vara. Luego se fue directamente a la clase de los de cuarto a buscar a la Pequeña Jini de Pen Cae, y se la llevó por la puerta más alejada, así que no lo volvimos a ver hasta que sonó la campana para comer.

Fue Huw el que quería ir hasta la cantera a decírselo al padre de Jini, por eso echamos a andar por el camino del Correo. No había clase en nuestro colegio porque era el Día de la Ascensión, pero en cambio sí que había en la escuela de la capilla. En realidad, sí que habríamos ido a la cantera, solo que había mucha gente en el camino de Abajo alrededor de la puerta de los Caballos, justo enfrente de la casa de Catrin Jane, y estaba al lado de la puerta el padre del Pequeño Will el del Policía, mirando a dos hombres sacar unos muebles que iban apilando en medio de la calle, mientras Catrin Jane chillaba y berreaba encerrada en el cobertizo del carbón: Salid de aquí, que sois unos demonios, no tenéis ningún derecho de entrar en mi casa. Dios mío, qué tarde más buena hacía. Olvídate del rollo de la cantera, dijo Huw, nos vamos a merendar a la cima del Rallt Ddu.

Por eso nos fuimos a la tienda de Ann Jones, porque solo teníamos dinero para un refresco y queríamos cuatro y también dos bizcochos de grosella porque Nell de Bella Vista y Kate de Casas Blancas iban a venir con nosotros. Ve tú y compra una botella, dijo Huw, que yo iré a buscar a los demás. Huw era un fresco. Estoy seguro de que Ann Jones ya lo había visto, pero tenía miedo de abrir la boca porque tú le asustabas, oh, Reina del Lago Negro.

Antes de que las dos chicas nos alcanzaran, por el camino de los Establos apareció nada más y nada menos que Harry el Zuecos. Nos lo encontramos justo en la puerta de Pen Lôn, pero Harry el Zuecos, con una cesta colgada del brazo, no hacía más que reírse a través de la barba: ja ja ja ja. Déjanos echar un vistazo, Harry, dijo Huw, y entonces Harry dejó la cesta en el suelo, se bajó la cremallera y se sacó la pilila. Se rio a través de la barba, ja ja ja ja, y se la volvió a meter en un abrir y cerrar de ojos, como si fuera una caja de sorpresas. Entonces volvió a decir ja ja ja ja, cogió su cesta y se fue tan campante. Oímos a las chicas que venían detrás, haciendo ji ji ji. Ten cuidado, Nell de Bella Vista, dijo Huw mientras cruzábamos la valla. Tú también ten cuidado, Kate de Casas Blancas, dije yo. Pese a eso, nos siguieron por la valla.

Fue Huw el primero en esconderse detrás del muro, luego yo hice lo mismo, y cuando nos pusimos a perseguirlas por la finca ellas solo hicieron como que corrían. Huw atrapó a Nell, la tiró al suelo y le levantó la falda. Por eso hice yo lo mismo con Kate, porque Huw tenía los refrescos, yo solo llevaba los dos bizcochos de grosella. Así estaban las dos, tumbadas boca arriba con las faldas levantadas y nosotros dos mirando fijamente hacia abajo.

Era Huw quien tenía un bolsillo de cazador furtivo, por eso llevaba él los refrescos. Pero fueron los dos bizcochos de grosella que me saqué del bolsillo lo que hizo que Nell se bajara la falda, se incorporara y le dijera a Kate que la imitase. Sabían de sobra que habíamos ido a merendar.

Dios mío, qué tarde más buena. El sol hacía que el heno oliera tan bien y el aire era tan limpio que alcanzaba a ver a madre colgando la ropa al final del campo de la Vicaría. Sabéis por qué hace tan bueno, dijo Nell, pues porque es el Día de la Ascensión. Pero Kate se levantó y se puso a llorar. Se lo voy a decir a mi madre, dijo llorando como una descosida, y echó a correr hacia su casa. Nell la siguió después de acabarse su refresco y zamparse un trozo enorme del bizcocho de grosella.

Entonces a Huw le dio por preguntar que por qué la gente que iba a la iglesia siempre iba a misa el Día de la Ascensión. Yo le dije: ¿Acaso no lo sabes, Huw? Me dijo; No, no lo sé. Bueno, pues porque Jesucristo subió al cielo como un globo el jueves después de resucitar, por qué va a ser. Y todas las personas buenas resucitarán, todas las que hay en el camposanto, por mucho que pesen las lápidas, subirán todas como globos igual que Jesús. Pero nosotros vamos a ir al infierno, ya lo verás, por robar los refrescos de Ann Jones.

¿Qué haces, Huw?

Hago un cigarrillo con este montón de raíces para que demos una calada. Moi se fuma las hojas del tusilago y dice que ha visto a Harry el Zuecos recoger boñigas secas del camino del Correo y fumárselas. ¿Crees tú que Griffith Evans de Braich podrá ir al cielo después de abrirse la cabeza y matarse en la cantera de Bonc Rhiwia?

Seguro que podrá, dije, porque a todos los chicos del coro les dieron dos peniques por ir al funeral.

Pues va a tener una pinta horrible, dijo Huw. Venga, dale una caladita.

¡Cof! ¡Cof! Dios mío, qué mal me siento. ¿A ti te gustaría trabajar en la cantera, Huw?

Pues claro que sí. En cuanto acabe el cuarto curso me voy a poner pantalones largos, y madre dice que ya podré ir en cuanto cumpla los catorce.

Yo no quiero ir, Huw. Mi madre me ha dicho que puedo pedir una beca para la escuela del condado si saco buenas notas y después salir a ver mundo y ganar mucho dinero.

Ese si que era un fenómeno, el Arthur de Tan Bryn, ¿eh? Dejó la escuela del condado para meterse en el Ejército, dijo Huw. Él sí que consiguió ver mundo, además Moi dice que mató a un montón de alemanes y que van a poner su nombre en el Monumento a los Caídos.

Ay, Dios mío, tengo ganas de vomitar, dije. Los dos cruzamos el campo corriendo y hundimos la cara en el agua del Ffrwd Rhiw hasta casi ahogarnos.

Si abres los ojos puedes ver el fondo, dijo Huw. ¡Cof! ¡Cof! Así es como se ahogó Will de Pen Pennog, aunque se suicidó porque tenía cáncer. Dicen que fumar da cáncer y a veces te provoca trismo.

Dios mío, nunca volveré a fumar.

Límpiate la boca, dijo Huw, que nos vamos a Casas Blancas a buscar a Moi y luego al campo de las Ovejas a coger pacanas. En la cantera ya ha sonado el disparo de irse a casa. Su tío Owen habrá llegado y estarán cenando la comida que le dan en la cantera. A lo mejor la madre de Moi nos da un pedazo de pan con mantequilla, así nos quitamos el condenado sabor de fumar.

En el camino del Correo, justo antes de cruzar el puente de los Establos, nos encontramos nada menos que a Will Ellis el Porteador llevando un tronco enorme a la espalda, con la nariz casi tocando el suelo y las rodillas saliéndosele de los agujeros de los pantalones como si quisieran correr y escaparse.

¿A ti te da miedo, Huw?

Sí, a veces un poco.

A mí también.

Bueno, pero no nos puede hacer nada con el tronco a la espalda. ¿Cómo está usted, Will Ellis?

¡Cof! ¡Cof! Pero qué pillos tan perezosos, haciendo novillos otra vez. ¡Cof! ¡Cof!

Huw, ten cuidado, que le va a dar un ataque.

¡Cof! ¡Cof! El tronco se le cayó de la espalda haciendo catapum y Will Ellis empezó a rodar por el polvo en medio del camino, con la lengua fuera y los ojos como dos grosellas enormes.

No, no eches a correr, dijo Huw, que no te va a hacer nada. No puede ponerse en pie.

Al ver a Huw quieto a su lado, volví muy despacio y cuando me acerqué lo suficiente vi espumarajos blancos saliéndole de la boca, igual que al caballo de Ike Williams cuando iba subiendo Allt Bryn con una carga, mientras el Pequeño Owen el Carbones lo arreaba.

Mejor vámonos antes de que se recupere, dijo Huw.

Yo ya había llegado al final de Casas Blancas antes de que Huw cruzara el puente de los Establos.

El hermano de Ann Jones la Tendera ha vuelto de América, le dijimos al tío Owen de Moi para tener una excusa y entrar. Pero ni levantó la cabeza del guiso de patatas con carne. Moi nos guiñó un ojo para indicarnos que nos quedáramos.

Huw, dijo la madre de Moi, ve a la tienda de Ann Jones y que te dé un penique de rapé, di que te mando yo y que me alegro de oír que Griffith Jones ha vuelto de América sano y salvo. Pero el tío Owen de Moi ni levantó la cabeza del plato.

Aquí va a haber una pelea tremenda dentro de nada, ya lo verás, dijo Huw en voz baja mientras salía.

Toma un poco de pan con mantequilla, cielo, dijo la madre de Moi. Entonces el tío Owen empezó a gruñir como un perro y dijo que él pagaba lo que comía.

Calla la boca y come, dijo la madre de Moi. Dios mío, vaya rebanada más enorme que estaba preparando, poniéndole mucha mantequilla. Pero no me la llegó a dar. Cuando el cuchillo iba por la mitad de la rebanada, el tío Owen se levantó de un salto y dio un manotazo al plato del guiso, que se cayó de la mesa y se estrelló contra el suelo mientras los ojos se le encendían de locura.

Vámonos, dijo Moi, que había salido disparado rodeando la mesa. Vete lo más rápido posible.

Y mientras nos escabullíamos por la puerta oímos nada menos que a la madre de Moi que soltaba un grito horrible. No miré para atrás hasta que llegamos al puente de los Establos y Huw estaba ya de vuelta con el rapé.

Moi, ¿no deberíamos ir a buscar al padre del Pequeño Will el del Policía?

No, no hace falta. No le va a hacer nada. Siempre están así. Deberíamos volver y ver qué pasa, dijo Huw.

Así que ahí estábamos los tres escondidos detrás de la puerta y vimos nada menos que al tío Owen de Moi cogiendo a su madre del pelo con la mano izquierda y tirándole de la cabeza para atrás, de modo que se le veía toda la garganta, y ella le pasaba el brazo por detrás como si fueran dos amantes. Ella empuñaba con fuerza el cuchillo del pan y él tenía en la derecha el cuchillo del aparador con el filo vuelto hacia la garganta de la madre de Moi, como ayer Johnny Edwards el Carnicero al degollar ese cerdo del matadero cuando fuimos a pedir una vejiga para jugar al fútbol.

Aquí está el rapé, dijo Moi desde la puerta. Entonces el tío Owen la soltó y se largó al otro lado de la cocina como un perro con el rabo entre las piernas, sin mirar a nadie.

Muchas gracias, cielo, dijo la madre de Moi, que empezó a arreglarse el pelo con una horquilla y cogió un pellizco de rapé entre el índice y el pulgar, se lo metió en la nariz y se puso a estornudar como una loca. Dios mío, entonces sí que nos dieron un pan con mantequilla bueno a Huw y a mí. Es que nos estábamos muriendo de hambre.

Dijimos: ¿Puede Moi salir a jugar solo hasta el campo de las Ovejas para coger pacanas?

Bueno, pero no llegues tarde, diablillo, dijo la madre de Moi, que tienes que levantarte pronto por la mañana para ir a la cantera con el tío Owen.

No tardaré, madre. Vámonos, chicos, que si no se va a poner oscuro.

No importa, dijo Huw, hay luna.

Cuando subíamos hacia la última casa de Casas Blancas, donde vive la madre del Pequeño Owen el Carbones, estaba ahí en la puerta con un pañuelo enorme en la mano, sonándose la nariz, nada menos que la madre del Pequeño Owen el Carbones.

Entrad a verlo, niños, dijo entre hipos. Entrad a ver lo guapo que está mi cielito antes de que le pongan la tapa encima.

Es Emyr, el hermano mayor del Pequeño Owen el Carbones, dijo Moi por lo bajo. Lo han traído hoy del manicomio de Denbigh.

Anda, dijo Huw. No lo sabía.

Mientras, la madre del Pequeño Owen el Carbones seguía diciendo: Entrad a ver a mi cielito. Vamos, dijo Moi.

Así que entramos tras ella. Encendió la lámpara porque habían bajado las persianas y no se veía nada. Ahí estaba Emyr, el hermano mayor del Pequeño Owen el Carbones, tumbado dentro de su ataúd en el sofá, envuelto en una sobrepelliz como si fuera un niño cantor, y solo se le veían las manos sobre el pecho. Dios mío, vaya si tenía los dedos largos. La boca, en cambio, nos dio la risa, solo que la madre de Owen lloraba y gritaba: Ay, mi cielito.

Le podíamos ver hasta el paladar. Lo tenía todo rugoso, como si no hubiera bebido en mucho tiempo.

¿Y por qué no le habrán cerrado la boca, digo yo?, preguntó Huw.

A lo mejor estaba gritando después de que le dieran una paliza los de Denbigh, dijo Moi.

O a lo mejor le dio el trismo por fumar, dije.

Al llegar a la puerta de los Caballos, en la calle de Abajo estaba nada más y nada menos que una banda de chicos de la cantera en torno a los muebles de Catrin Jane, y cerca de ellos el padre del Pequeño Will el del Policía y David Evans de Vista

Snowdon, a quien le acababan de dar el puesto de defensa, diciéndoles algo.

Daos prisa para que nos enteremos de qué hablan, dijo Moi.

Mientras nos apresurábamos hacia la calle de Abajo todo lo despacio que podíamos, para que no se notara que estábamos escuchando, oímos el maullido de un gato en el cobertizo del carbón.

Eso no es un gato, dijo Huw, es Catrin Jane, que sigue ahí llorando.

Chicos, tenemos que hacer algo, les dijo a los otros David Evans de Vista Snowdon rascándose con las manos dentro de los bolsillos del pantalón y escupiendo después de cada palabra: aaag plaf. No podemos dejarla ahí toda la noche, o nos caerá encima el castigo de Dios como a Ike Williams el Carbones esta tarde, después de obligarla a salir de la casa. ¿Cómo? ¿Es que no habéis oído que después de llevar una carga de carbón a la cima del Allt Bryn, se le ha muerto de repente el caballo en el establo?

¿Y qué pasa con la casa de Margaret, la vieja Williams?, dijo uno de los otros. Lleva vacía desde que la enterraron.

Entonces David Evans escupió con ruido, fiu plaf, se encaró con el padre del Pequeño Will el del Policía y le preguntó: ¿Algo que objetar, señor agente?

A lo que le respondió: No te veo y tampoco te oigo, así que cómo voy a tener nada que objetar.

En ese caso, manos a la obra, chicos, dijo David Evans. Y vosotros, bichejos perezosos, venid a echar una mano.

Así que nos tiramos ahí una eternidad, cargando con las cosas de Catrin Jane de acá para allá, llevándolas a la vieja casa abandonada de Margaret Williams mientras Catrin Jane seguía en el cobertizo del carbón sin dejar de maullar y llorar.

¿A vosotros os gusta andar por la calle con todas las tiendas cerradas?, dijo Huw después de que acabásemos.

Pues no mucho.

A mí tampoco.

A mí tampoco, dije. Huw, ten cuidado, que Will Ellis el Porteador está ahí sentado en el alféizar de Correos. Vamos por el otro lado.

Pero si no pasa nada, dijo Huw, si no se acuerda de nada de lo de esta tarde. Cuando le da un ataque no sabe lo que hace.

A Moi le entró la risa, ja, ja, ja, y no puede atacar cuando le da un ataque. Dios santo, pero ¿qué es ese jaleo en la freiduría?

Que no, es en la casa pegada a La Campana Azul, al lado de la freiduría, dijo Huw. ¡Pero daos prisa, que es una pelea!

Entonces los dos echaron a correr delante de mí y al llegar allí había nada más y nada menos que un montón de hombres y chicos mayores que habían salido de la freiduría y de La Campana Azul. Lo que pasaba es que Owen Morris de Llan, el que se hizo a la mar el año pasado, estaba dándose de lo lindo con Bob Roberts de Ceunant. Dios mío, el puño de Bob de Ceunant sonó como los tambores del Ejército de Salvación al darle en el pecho a Owen de Llan, que cayó como un árbol y se quedó tirado en el suelo bocabajo. Dios mío, y yo temblando como una hoja y con ganas de vomitar cuando vino el padre del Pequeño Will el del Policía y todo el mundo desapareció de repente.

Chicos, vámonos, que a este paso nos quedamos sin pacanas, dijo Moi.

El mejor camino es por encima del muro. Puede que David Jones el Guardabosques esté en la puerta del camino de la Madera.

Allá que saltamos el muro de Lôn Newydd, pero Huw se enganchó el pantalón en una lasca y al caerse de culo en las ortigas se hizo un desgarrón.

Maldita sea, dijo Huw, ¿tenéis un imperdible?

No hagas ruido para que Jones el Guardabosques no nos pille, dijo Moi.

Así que nos fuimos con mucho cuidado adonde estaban las pacanas, intentando no pisar ninguna ramita para no hacer ruido. Veíamos bien porque no estaba oscuro gracias a la luz de la luna que se filtraba por los árboles. Pero, madre mía, a mí casi me da algo cuando de repente nos llegó un ruido de arriba, algo así como el ñic ñic ñic de una trilladora.

Un faisán, dijo Moi en voz baja.

Pero yo ya estaba mojando los pantalones.

Huw, que iba delante de nosotros, se paró de repente sin decir nada y se volvió con un dedo en los labios, luego se tiró al suelo bocabajo, y Moi y yo lo imitamos. El guarda, me dije pensando que nos iban a atrapar de un momento a otro. Pero Huw y Moi empezaron a avanzar arrastrándose en silencio y muy lentamente conmigo siguiéndolos igual, hasta que Huw estiró una mano hacia atrás para decirnos que paráramos.

Entonces vimos justo enfrente nada menos que a Grace Ellen de la Zapatería y a Frank el Colmenas ahí tirados al lado de un tocón, Frank le había levantado la falda igual que nosotros esa tarde a Kate y Nell, solo que Frank estaba encima de ella y tenía toda la pinta de estar casi ahogándola.

¿Qué hace Frank aplastando a Grace Ellen y a punto de ahogarla?, le dije a Huw en el camino del Correo cuando acabamos de coger las pacanas y saltamos el muro de Lôn Newydd.

No lo sé.

Ni yo.

Estarían jugando, dijo Moi, a lo mismo que hacen los casados.

Pero si Grace Ellen y Frank el Colmenas no están casados, dijo Huw.

No, desde luego no deberían jugar a eso, dijo Moi, pero es que mucha gente lo hace. El tío Owen a veces lo hace con mi madre después de pelearse. Por Dios, chicos, ¿qué hora es? Le había dicho a mi madre que iba a volver pronto.

En el reloj de los Calabozos eran las nueve y media, dijo Huw. ¿Te vas a llevar una buena tunda?

No, a no ser que no me levante mañana para ir con el tío Owen a la cantera. Hasta mañana, chicos.

Buenas noches, Moi.

Hasta mañana, Moi.

Vaya por Dios, Huw, se me ha soltado la punta de metal de la bota. Bueno, que le ponga mañana un clavo Ned de Cwt Crydd. Vaya un ruido que hace ahora en la calle de noche, ¿a que sí, Huw?

Pues yo me he roto los pantalones, dijo Huw, a ver qué me dice mañana mi madre.

Huw, ¿saldrás mañana a jugar?

Sí, si me deja mi madre.

Qué bien, porque tengo diez canicas de colores que le gané ayer a Moi. Me las llevaré.

Vale. Bueno, hasta mañana.

Buenas noches.

Dios mío, qué olor más bueno me llega de no sé dónde. A lo mejor sale de nuestra casa. Pues sí. Hola, madre.

Había encendido un fuego estupendo que echaba chispas y estaba sentada en la mecedora. Fritura de patatas con setas.

Vaya, sí que tengo hambre, madre.

Pues venga, cielo. Come hasta hartarte. ¿De dónde has sacado las patatas que había debajo de la escalera?

Me las ha dado Robín, el chico ese de la granja de Gorlan. Dios mío, madre, sí que están buenas así fritas con setas.

¿Seguro que no las has robado, cielo?

¿Robarlas? Pues no, claro que no. Volvía de buscar el rebaño de Tal Cafn y me encontré nada más y nada menos que con Robin, que estaba arrancando las patatas en el campo de Arriba. Entonces yo le dije: Cómo estamos, Robin, y él me dijo: Toma, ven y llévale esto a tu madre, y las puso en un saco viejo que tenía ahí en el cerco. Pero no se lo digas a nadie y que tu madre tampoco se lo diga a nadie. De acuerdo, le dije yo, muchas gracias, Robin.

Pues qué considerado, dijo mi madre. ¿Qué años tiene ya, lo sabes?

Acababa de terminar la escuela en marzo cuando se fue a Garlan a trabajar. Dios mío, sí que están buenas estas setas. ¿Quedan más, madre?

No, tragón, así que come un poco de pan con mantequilla.

Pues mañana temprano cogeré unas cuantas más. ¿Se ha cansado hoy mucho lavando, madre?

Un poquito sí, cariño. Date prisa en ir a la cama para que recoja y pueda planchar esta ropa, que en la vicaría la quieren lista a primera hora. Si no te importa, mañana se la llevas.

Claro que no me importa.

¿Dónde has estado toda la tarde después del colegio? No habrás estado haciendo trastadas con ese Huw, ¿verdad?

No, haciendo trastadas, ¿por qué? Si solo hemos ido a dar un paseo a la cima del Rallt Ddu porque era el Día de la Ascensión, y hemos cogido pacanas en el campo de las Ovejas. El hermano de Ann Jones la Tendera ha vuelto de América.

No me digas. ¿Y lo has visto?

No, me lo ha contado Huw. Y han echado de su casa a Catrin Jane del camino de Abajo porque no podía pagarle el alquiler a Ike Williams el Carbones.

¿Y quién te lo ha dicho?

Nadie, es que Huw y Moi y yo pasábamos por ahí y nos han pedido que los ayudáramos a llevar los muebles a la antigua casa de Margaret Williams. El caballo de Ike Williams se ha muerto de repente en el establo esta tarde. David Evans de Vista Snowdon ha dicho que era el castigo de Dios que caía sobre él.

Sí, estoy segura. Ese asqueroso siempre trajinando algo. Venga, cielo, vete a la cama, que tienes que madrugar mañana.

Bueno, madre. Buenas noches.

Pero no podía dormir por nada del mundo con esa luna ahí como una naranja enorme que me iluminaba por la claraboya. Así que me levanté y me subí a la silla, abrí la ventana y saqué la cabeza entera. Dios mío, qué tranquilo y bonito estaba todo, solo flotaba un sonido suave igual que el del río Sarnau, solo que este venía de muy lejos, y la luna traspasaba el cielo hasta tocar el Pen Foel Garnedd.

Pero no seas bobo, me dije, si son las nubes lo que se mueve, no la luna. Ni una sola ventana tenía luz. Solo una lucecita llegaba desde Casas Blancas. Estoy seguro de que esa es la casa de Moi. Ay, espero que al bueno de Moi no le hayan dado un palizón.

Pues claro que eran las nubes lo que se movía. La luna de siempre sigue iluminando la claraboya.

¿Qué pasa, cielo?

No puedo dormir en este cuarto, madre. Quiero dormir con usted, en el suyo.

Lo que quieras, cielo. Acuéstate, que así me calientas la cama.

Entonces, cuando madre se acostó, me quedé dormido como un tronco, abrazándola fuerte.

Y eso es todo lo que pasó. No fuimos más que a dar una vuelta, así que no ha sido hasta esta mañana, después de ir a donde Ned de Cwt Crydd a que me pusiera un clavo en la bota, cuando me he enterado de que el tío Owen de Moi se había ahorcado en el retrete y que se habían llevado a la Pequeña Jini de Pen Cae y a Catrin Jane del camino de Abajo al manicomio. Esta noche hay luna llena. ¿Por qué no puede Huw salir a jugar, oh, Reina del Lago Negro?

2

Bueno, pues me voy a acercar hasta el puente de los Establos por el camino del Correo a ver si está Moi. Entonces, en la pared de La Campana Azul, vi nada más y nada menos que un cartel que decía que el jueves por la noche iba a haber un premio de declamación en Glanaber. Era igual que ese cartel de hace una eternidad, cuando el señor cura y Price el Maestro vinieron por el camino del Correo y Price el Maestro le dijo al señor cura: He aquí un chico listo, y el señor cura me dio seis peniques por no saber leer.

¿Así que sabe leer en inglés?, dijo el señor cura.

Y tanto que sabe, vive Dios, dijo el maestro, pero yo no entendía por qué presumía tanto de eso.

En ese caso, léeme esto, dijo el señor cura dándole unos golpecitos con el bastón al cartel de la pared. Lo estaba leyendo bien hasta que llegué a sociedad. Dije suciedad y el cura se desternilló de la risa.

Que no, dijo Price el Maestro muy disgustado, so-cie-dad. Pero ahí seguía el viejo cura muerto de risa. Decía: Hijo mío, de verdad que muy bien, rebuscó en el bolsillo del pantalón y me puso una moneda de seis peniques en la mano.

Mirándolo a la cara nadie podría pensar que el señor cura era un hombre tan bueno, porque hacía mucho había pasado la viruela y se había quedado con una cicatriz al lado de la boca que le hacía un gesto de estar siempre oliendo algo asqueroso. Pero cuando se desternillaba por algo, como por lo que yo había dicho, la cicatriz ni se le veía.

Donde más se le veía era cuando estaba en el púlpito de la iglesia, sobre todo cuando decía los mandamientos del Señor o gritaba: Buscad con denuedo la salvación de Dios Nuestro Señor pormediodesuhijojesucristo. Cuando gritaba así, siempre me acordaba de la historia del Día de Pentecostés que nos contó Bob del Carro de la Leche, la de las lenguas de fuego que bajaron de algún lado, se posaron sobre las cabezas de los discípulos y los convirtieron en apóstoles. Al mirar al cura gritando desde el púlpito, me daba por pensar que había bajado una lengua de fuego por el tejado de la iglesia y se le había metido en la boca. Fue mi madre la que me dijo que era una cicatriz de viruela.

Dios mío, mi madre sí que lo apreciaba. Deberíais haber visto cómo le planchaba la sobrepelliz y la estola en la mesa de casa. Siempre se dejaba la sobrepelliz para el final y hacía primero todo lo de los hombres y los chicos. Luego despejaba la mesa y colocaba encima la sobrepelliz, muy lentamente, pasando los dedos por todos los pliegues. Además era la prenda más grande de todas porque el cura medía más de un metro ochenta. Era el párroco más alto que había visto en mi vida.

No hagas preguntas tontas, dijo mi madre cuando le pregunté donde había cogido la viruela.

Pero ¿por qué tiene una cicatriz en la boca?, dije.

Sal de mi vista, pesadito, dijo mi madre. Yo no entendía por qué estaba tan enfadada.

Solo era una pregunta, dije mientras miraba cómo la plancha que sostenía iba de un lado a otro de la sobrepelliz, sujetándola con la izquierda por el borde para que la plancha no estropeara los pliegues.

Estaba pensando en Griffith Evans de Braich, madre. ¿Se acuerda de cuando le lavó la sobrepelliz el martes antes de que se matara en la cantera y luego no se la pudo poner al domingo siguiente? Solo estaba pensando si en el cielo Griffith Evans tendrá una cicatriz en la cara o no. Entonces he pensado también si el señor cura tendrá una cicatriz en la boca cuando esté en el cielo.

Entonces mi madre paró de planchar de repente y se puso a llorar.

¿Qué pasa, madre? No llore, dije, aunque en realidad no estaba preocupado porque madre estaba siempre llorando bajito por una cosa u otra y ya estaba acostumbrado. Pero me miraba de una forma tan rara que me arrepentía de haberle dicho nada.

No, cielo, no la tendrá, dijo con lágrimas cayéndole por la cara y riendo a la vez. En el cielo, Griffich Evans de Braich no tendrá ni una sola cicatriz, ni tampoco tendrá ninguna en la cara cuando suba el cura. Entonces dejó de llorar y siguió con la plancha, cantando.

Además, me acuerdo de la letra de la canción: Ved más allá de la bruma del tiempo, ved, oh, con el alma la visión, oh, con el alma la visión.

Dios mío, qué voz que tenía mi madre.

Sí que hay una luz en el estudio de la vicaría. Sí, seguro que es la ventana del estudio, donde está esa lucecita entre dos árboles. Y seguro que es Azariah Jenkins el que está sentado ahora en la butaca frente a ese fuego. Quizá lo acompaña su esposa. Fue él quien llegó después de Hughes el Párroco, que llegó después del señor cura. El tal Hughes también era un buen hombre. Pero le entró la tuberculosis, y no tenía ni punto de comparación con el señor cura. Además nunca me dio seis peniques por no saber leer.

Dios mío, cómo me gustaba en esos años lejanos ir a la vicaría a ayudar a mi madre con la limpieza, después de clase. Nell, la hermana del Pequeño Will el del Policía y Gwen de Allt Bryn eran las dos criadas que tenían en esa época. Y aunque mi madre era mucho mayor que ellas, fueron muy amigas suyas y siguieron viniendo a casa de visita después de casarse. Nell, además, se casó con un policía. Su marido era Jones el Policía Nuevo, y a mí Jones el Policía Nuevo nunca me dio miedo por lo buena amiga que mi madre era de Nell, su mujer. Gwen de Allt Bryn se hizo esposa de Frank el Colmenas después de dejar la vicaría.

Siéntate ahí, cariño, dijo Nell cuando fui la primera vez a la vicaría después de clase a buscar a mi madre. Enseguida te preparo un poco de pan con mantequilla. Dios mío, la cocina de la vicaría sí que era grande. Era el doble que nuestra cocina y salón juntos. ¡Y qué bien olía! Dios mío, cómo me gustaba ese olor, yo que me moría de hambre. Entonces me senté en la silla y engullí el pan con mantequilla. Gwen de Allt Bryn, nada más y nada menos, apareció por la puerta con una bandeja de plata enorme, porque les acababa de llevar el té al cura y sus invitados.

¿Has venido a ayudar a tu madre?, dijo Gwen. Nell, ¿a que es un buen chico? Chiquillo, ya verás cómo acabas yendo al cielo por ayudar a tu madre.

Dios mío, qué guapa era Gwen de cara. Era más guapa de cara que Nell, pero Nell era la más buena de las dos. Siempre era la primera en darme un trozo de pan con mantequilla cada vez que iba allí después del colegio a ayudar a mi madre con la ropa.

¿Es Price el Maestro el que ha venido a tomar el té?, dijo Nell.

Sí, dijo Gwen dejando la bandeja en la mesa. ¿Te ha zurrado ya el Price?, dijo.

Pues claro que no, dije mintiendo.

Dios mío, pues sí que debes de ser un angelito entonces, dijo Gwen.

Vi cómo Nell llenaba una bolsa grande de papel con muchos mendrugos y pan sobrante y mantequilla y los huesos que habían quedado de la cena de la vicaría, que todavía tenían mucha carne, hasta que pareció que la bolsa iba a estallar. Entonces entró mi madre un poco despeinada y con los brazos ocupados con la colada de las cuerdas del campo de la Vicaría, preparada para llevársela a planchar a casa en cuanto la doblaran y envolvieran en una de las mantas de lana. Entonces las tres se sentaron y tomaron un té y hablaron de mucha gente mientras yo estaba quieto en la silla contando las baldosas grandes y rojas del suelo de la cocina y pensaba: Dios mío, este sí que es un buen sitio para jugar a que estamos en Londres con Huw y Moi, solo que se ensuciaría el suelo.

Lleva tú la bolsa de papel, dijo mi madre, que yo llevaré esto, refiriéndose a la colada, y no se te olvide poner la mano por debajo por si se rompe.

Claro que eso era lo que yo quería que dijera para meter la mano en la bolsa de papel cuando ella no mirase mientras volvíamos a casa. Aunque nunca tocaba nada hasta después de que hubiéramos recorrido todo el trecho hasta la puerta de la vicaría, cuando ya habíamos salido al camino del Correo, por si acaso el señor cura me veía por la ventana de su estudio. Dios mío, seguro que se habría puesto hecho una furia si me hubiera visto, pero no me vio hacer nada ni una sola vez. Hay que ver lo bueno que estaba el pan que sacaba de la bolsa de papel de camino a casa. A veces me encontraba un trozo de carne sin hueso. Mi madre nunca hablaba cuando volvíamos a casa porque estaba demasiado cansada, si no le habría tenido que responder y entonces se habría dado cuenta de que tenía la boca llena, por la forma de hablar. El pan seco de la vicaría sabía mejor que el pan con mantequilla de la abuela, incluso con mucha mantequilla.

Me asustaba tener que pasar por todos esos árboles después de cruzar la puerta de la Vicaría, cuando iba en invierno a buscar a madre después de clase y empezaba a oscurecer. En esa época eran los mismos árboles que los del camposanto. Pero ya se me pasaba en cuanto doblaba la curva del camino y veía la luz del estudio del cura. Entonces el miedo se me iba.

En verano era distinto. Dios mío, me acuerdo una vez que no había escuela una tarde y había ido a la vicaría y me dejaron ir a la parte principal de la casa a jugar con un niño que estaba pasando allí unos días. Llamaba tío al señor cura y hablaba en inglés. Dios mío, qué niño más adorable era, con el pelo negro y brillante en un flequillo gracioso. Y esos ojos negros, enormes, la cara blanca, blanca como la cal, y los pantaloncitos de terciopelo que le llegaban hasta las rodillas, y sus calcetines blancos, y los mocasines, y no botas de clavos como las mías. Por eso tenía miedo de pisotear la hierba de la entrada debajo de la ventana cuando jugaba con él a darle con un palo a la pelota, porque mis botas tenían clavos y parecía que mi madre acababa de planchar la hierba, no tenía el aspecto de la del campo de Owen de Gorlan. Dios mío, me dije mientras jugaba con él, cómo me gustaría tener sus modales. La verdad es que debí de portarme bien porque me dejaron entrar con él por la puerta de cristales de delante y sentarme a la mesa a tomar el té con él, después de quitarme la gorra. Más tarde fuimos los dos al jardín de la Vicaría a robar grosellas.

Ceri, la hija del sacerdote, nos pilló robando las grosellas. De repente apareció en medio de las flores del invernadero, sin que la viéramos hasta que ya la teníamos al lado. Yo me puse rojo hasta la raíz del pelo y no dije nada por si me regañaban, pero el niño dijo algo en inglés que hizo que ella soltara una carcajada. Ay, tenía la cara más guapa que he visto nunca. No la olvidaré mientras viva.

Madre, ¿cuántos años tiene Ceri, la hija del señor cura?, dije cuando llegamos a casa.

Pues unos dieciocho, dijo ella.

Y me fui al dormitorio y me tumbé en la cama y me eché a llorar por lo mayor que era.

Cuando la vi esa vez, no llevaba sombrero y tenía el pelo más rubio que todo el rubio del mundo y en él brillaba el sol, y se había prendido una flor del invernadero a un lado del sombrero y dos trenzas, con lazos rosas que le bajaban por la espalda. Llevaba un vestido rosa con toda clase de colores, como los de los cristales del invernadero con todas las flores. Y cuando se agachó para hablarnos y se le vio todo el pecho, me inundó un olor a perfume y empecé a temblar como una hoja. Me dije que nunca más robaría grosellas, que ni iría a robar manzanas con Huw y Moi, ni diría palabrotas, ni haría travesuras. Solo me dedicaría a pensar en Ceri.

Esa noche, mientras regresábamos a casa, mi madre no entendía por qué iba andando tan deprisa con la bolsa. Tampoco toqué ni la carne ni los mendrugos. Solo quería llegar pronto para meterme en la cama y soñar con Ceri. En cambio, en el cuarto lloré hasta quedarme dormido, después de que mi madre me hubiera dicho que Ceri tenía dieciocho años y que era demasiado mayor para ser mi novia.

Pues haré como si no fuera tan mayor, me dije antes de quedarme dormido. Además, seguro que le gusto, porque no le ha dicho al señor cura que yo y el niñito habíamos estado robando grosellas.

Dios mío, tampoco sé lo que el cura habría dicho. A veces se podía poner como loco. Una vez lo vi hecho una furia pero no sé por qué, no se lo dije a nadie por lo buenos amigos que éramos después de que me diera los seis peniques por no saber leer. Pero no era una furia como las que le entraban a Price el Maestro. Vaya susto me llevé, por Dios. Era una noche de luna igual que esta, y yo había ido a última hora a buscar a mi madre a la vicaría. Por eso lo vi después de pasar la puerta y subir por el camino, no habían bajado las persianas de la ventana del estudio, y era ahí donde estaba.

Me acerqué muy en silencio hasta detrás del árbol para espiar por la ventana, temblando como una hoja por si me pillaban. Él iba de un lado al otro del estudio. De un lado a otro sin parar, de un extremo al otro y dándose puñetazos en la cabeza. ¡Y si le hubierais visto la cara! Los ojos le brillaban como relámpagos y tenía el pelo blanco hecho un desastre, no bien peinado como de costumbre. Y parecía que a esa cicatriz de la boca le acababan de aplicar un atizador al rojo vivo.

Estaba solo, pero movía los labios como si estuviera teniendo una pelea tremenda con alguien. Casi me da un ataque cuando se acercó a la ventana y miró fuera, me daba miedo que me hubiera visto. Pero no parecía que sus ojos se estuvieran fijando en nadie, solo que descargaban enormes relámpagos, aunque era una clara noche de luna, excepto por los árboles que la oscurecían. Seguía moviendo los labios cuando se acercó a la ventana. Pero yo no oí nada, solo lo veía como si dijera: Buscad con denuedo la salvación de Dios Nuestro Señor pormediodesuhijojesucristo. Aunque a lo mejor lo que estaba diciendo era otra cosa. En cuanto le dio la espalda a la ventana, salí disparado de detrás del árbol y me dirigí a la puerta de atrás.

Pero ¿qué te pasa, cariño?, dijo Nell después de abrirme la puerta y darme un trozo de pan con mantequilla al lado del fuego. Estás blanco como la cal. ¿Es que has visto al hombre del saco?

Pues claro que no, dije engullendo el pan. Son las viejas como tú las que ven al hombre del saco.

Pero mientras estaba ahí en la silla sentado, contando las baldosas mientras pensaba en Huw y Moi, y en que podría ensuciarlas si jugaba a estar en Londres con ellos, las tres estaban sentadas a la mesa hablando muy bajito de algo.

Mientras íbamos a casa no le mencioné nada a mi madre, y menos mal que no metí la mano en la bolsa de papel porque no parecía cansada como de costumbre. Además, me hablaba como si fuera ya un hombre y lo entendiera todo.

¿Sabes lo que dicen ahora los viejos demonios del pueblo?, dijo cuando llegábamos a la puerta por la que se entra a Lôn Newydd.

No, madre, dije.

Pues dicen que Dios tiene la culpa de la guerra. Y encima muchos de ellos van a la iglesia. Había un ambiente horrible esta tarde en la vicaría. Algunos han ido a ver al señor cura para decirle que no pensaban acercarse a la iglesia hasta que la guerra acabe.

No creo que hayan dicho eso, madre.

De verdad que sí, y Nell estaba diciendo que el que está detrás de ellos es ese truhan de La Campana Azul.

¿Quién, el padre de Johnny el Barriles de Cerveza?

Sí, ese mismo haragán. Él y Johnny Williams el Barbero. Pero ellos no estaban en el grupo que ha ido a la vicaría. Eso se lo están dejando esos dos canallas a los demás, el dar la cara. Mientras tanto, seguro que ellos andan escondidos detrás de los barriles de cerveza.

Es muy posible, madre.

Sí, y ahí estarán con toda su desfachatez en la comunión del domingo, como esa dichosa Grace Ellen. Pero el señor cura se lo ha dejado clarito en la vicaría. Dios, vaya lección les ha dado, por lo que cuenta Gwen. Cuando les llevó el té, Gwen le escuchó cómo les ponía las cosas en su sitio. Dios mío, tendrías que haber oído lo que les ha dicho el señor cura.

¿Qué es lo que les ha dicho, madre?

Nada, nada. Lo que dijo no importa. Mete la llave en la cerradura. Por Dios, sí que pesa hoy la colada. No puedo más. Y ya no añadió nada después de entrar en casa, solo me mandó que cenara deprisa para irme a la cama y que ella pudiera ponerse a planchar. Así que me fui, pensando todavía en cómo el señor cura les había echado un rapapolvo a esos, en cómo se lo había echado también a sí mismo mientras yo lo espiaba por la ventana del estudio, y prometiéndome dejar medio muerto a Johnny el Barriles de Cerveza en el colegio al día siguiente porque su padre le decía en La Campana Azul a la gente que Dios tenía la culpa de la guerra.

A lo mejor por eso Price el Maestro nunca volvió a La Campana Azul a la hora del recreo, después del día aquel en que el señor cura vino al colegio para anunciar que al Pequeño Bob el del Maestro lo habían matado en la guerra. Dios mío, nunca se me olvidará ese día. Fue después del recreo y Price el Maestro había estado en La Campana Azul y tenía la cara roja pero también estaba de muy buen humor, así que no zurró a nadie con la vara.

Estaba metido en contarnos que los alemanes les cortaban con las espadas los pechos a las mujeres y que a los bebés los partían por la mitad, cuando el señor cura pasó por delante de la ventana que daba al cementerio y entró al aula. Y fue a sentarse en silencio a la mesa sin que Price lo oyese entrar, dejó el sombrero de ala en el escritorio, ocupó la silla y se secó el sudor de la frente con un gran pañuelo blanco. Price no sabía que estaba ahí aunque nadie estaba atendiendo a la lección, porque estábamos todos mirando al señor cura. Price al fin se dio la vuelta cuando lo oyó toser.

Entonces dejó de hablar de los alemanes y se acercó muy despacio a la silla donde estaba sentado el señor cura. De pie, el cura era el doble de alto que Price el Maestro, y los dos estuvieron hablando una eternidad mientras el señor cura tenía cogida la mano de Price con la derecha, la izquierda sobre el hombro de Price. No entendimos lo que pasaba hasta que el señor cura se sentó, se volvió a secar el sudor de la frente y Price el Maestro se acercó despacio a nosotros y nos contó que al Pequeño Bob el del Maestro lo habían matado los alemanes.

Aunque lo que nos asustó fue ver que se arrodillaba en el suelo, con las manos juntas como si fuera a ponerse a rezar. Tenía los ojos cerrados y le caían lágrimas por la cara. Dios mío, y tampoco se me olvidarán las palabras que dijo. Después de la escuela me fui directo a casa y no salí hasta que me las aprendí todas, y después ese domingo Bob del Carro de la Leche me dio seis peniques en la escuela dominical por decirlas todas de corrido sin un solo fallo.

Dios es nuestro amparo y fortaleza, decía Price con los ojos cerrados mientras le caían las lágrimas, nuestro pronto auxilio en las tribulaciones. Por tanto, no temeremos, aunque la tierra sea removida y se traspasen los montes al corazón del mar, aunque bramen y se turben sus aguas, y tiemblen los montes a causa de su braveza. Del río sus corrientes alegran la ciudad de Dios, el santuario de las moradas del Altísimo. Dios está en medio de ella; no será conmovida. Dios la ayudará al clarear la mañana. Bramaron las naciones, titubearon los reinos; dio Él su voz, se derritió la tierra. Jehová de los ejércitos está con nosotros; nuestro refugio es el Dios de Jacob. Venid, ved las obras de Jehová, que ha devastado la tierra. Que hace cesar las guerras hasta los fines de la tierra. Que quiebra el arco, corta la lanza y quema los carros en el fuego. Estad quietos, y conoced que yo soy Dios; seré exaltado entre las naciones; enaltecido seré en la tierra. Jehová de los ejércitos está con nosotros; nuestro refugio es el Dios de Jacob.

Mientras lo escuchaba me empecé a sentir mal. Oye, qué pena, ¿verdad?, le dije bajito a Huw, que se sentaba a mi lado. Sí, dijo Huw, pero ¿cómo puede llorar con los ojos cerrados? Vaya, pues no sé.

Ni yo.

No teníamos ni idea, Huw y yo, de que esa sería la última vez que veríamos con vida al señor cura. Al domingo siguiente no estaba en la iglesia, ni tampoco al otro domingo, ni al otro. Y al martes siguiente estábamos mirándolo metido en un ataúd.

El ataúd estaba en el estudio de la vicaría, solo que era de día y cuando fuimos con el coro de la iglesia el sol brillaba por todo el cementerio hasta la vivienda; dimos una vuelta en torno al ataúd y luego volvimos de la vicaría a la iglesia y al cementerio pasando por el pueblo, por el camino del Correo. Tenía la boca cerrada con fuerza, como siempre que había acabado en el púlpito un sermón sobre el fuego del infierno, o como en un ensayo del coro.

Dios mío, ojalá hubiera podido ir con vosotros al funeral, dijo Moi cuando le contamos la pinta que tenía en el ataúd.

Pero Moi estaba en misa, así que no pudo venir. Solo los niños del coro podíamos ir.

Resulta que mi madre tenía razón cuando dijo que en el cielo no iba a tener ninguna cicatriz en la boca. Ahí no se le veía ni rastro de nada cuando lo miré a la cara en el estudio al pasar al lado del ataúd.

¿Has visto esa cicatriz que tenía en la boca, Huw?, dije.

No, dijo Huw.

Ni yo.

Imagino que murió con él, dijo Huw.

Pero hablando de madre, por Dios, creía que se iba a volver loca el día que el Pequeño Owen el Carbones se puso a gritar, al pasar por la puerta, que el señor cura se había muerto en la vicaría. Y en cierto modo nunca volvió a ser la misma. Nunca volvió a la vicaría a lavar para Hughes el Párroco, que llegó después del señor cura.

Pero lo curioso fue que el cura nunca llegó a enterarse de que John Elwyn, el hermano de Ceri, había muerto, y John Elwyn tampoco se enteró de que había muerto el señor cura. Fue un viernes cuando se murió el señor cura, y ese viernes cuando llegó un telegrama a la vicaría que decía que a John Elwyn lo habían matado los alemanes, igual que al Pequeño Bob el del Maestro, y además eran los dos de la misma edad y tan buenos amigos como el señor cura y Price el Maestro.

Pero todos en el funeral sabían, claro, que el señor cura y John Elwyn habían muerto más o menos a la vez. Así que nos daba la sensación de que los enterrábamos juntos a los dos, solo que John Elwyn no estaba allí. Y cuando colocaron la lápida, esta llevaba escrita el nombre de John Elwyn debajo del nombre del señor cura, igual que si estuviera ahí enterrado al lado de su padre.

Dios mío, qué pena me dio Ceri en el funeral, con un desconocido que la tomaba del brazo mientras ella lloraba a más no poder. Pero no le vi la cara porque se la tapaba un enorme velo negro, y por debajo sostenía el pañuelo para sonarse la nariz.

Han bajado las persianas, porque si no, seguro que desde aquí podría ver a Azariah Jenkins en el estudio. Me pregunto si también estará recorriendo el estudio de un extremo al otro y calentándose la cabeza, igual que el señor cura hace tantos años.

No merece la pena que me acerque al puente de los Establos, aunque haya luz de luna. No hay ni rastro de Moi, ni hay luz en la casa. Dios mío, igual se me aparece el fantasma de su tío Owen si voy por ese camino. Más me vale ir silbando al pasar el puente de los Establos, mejor también que no me aparte del camino del Correo.

3

Y pensar que hubo un tiempo en que no sabía adónde llegaba el camino del Correo después de pasar el final del lago Negro. Recuerdo que fue Emyr, el hermano mayor del Pequeño Owen el Carbones, la primera persona en llegar hasta el final del lago Negro, pero no continuó más allá porque fue ahí donde lo encontraron arrodillado, sin zapatos y con los pies llenos de ampollas, llorando y llamando a gritos a su madre. Huw y yo no entendíamos lo que le pasaba y Moi solo hacía como que lo entendía, eso está claro, porque si no nos lo habría dicho.

Por las mañanas, cuando pasábamos por Monte Alegre hacia la escuela, Em estaba siempre frotando los escalones de entrada, y después se metía en la casa con el cubo dando un portazo.

¿Por qué crees que habla como si fuera una mujer?, le dije a Huw mientras pasábamos por delante.

No sé, dijo Huw.

Ni yo tampoco.

A lo mejor es de verdad una mujer, dijo Moi.

Calla la boca, bobo, dijo Huw. Entonces sería una chica.

Dicen que se viste de mujer cuando está solo en casa, dijo Moi, y se pone rulos en el pelo y se da colorete en la cara y cosas así.

¿De verdad?, ¿y tú cómo lo sabes?, dijimos a la vez los dos.

Oí que el tío Owen se lo decía a madre la noche que, en la cantera, mandaron a Em a casa por llorar y por no ser capaz de hacer su trabajo. Aunque, cielo santo, nunca pensarías que es una mujer si lo oyeras cuando le dice palabrotas a su madre.

No puede ser verdad, ¿le dice palabrotas a su madre?

Pues sí. A veces lo oímos a la una de la mañana, al final de la hilera de casas. Y también se oye a veces una pelea tremenda, cuando llega Owen borracho de La Campana Azul. Una noche de la semana pasada yo mismo los oí en medio de una. Owen salió detrás de él mientras gritaba: Déjala en paz, demonio, que te clavo este cuchillo, y lo fue persiguiendo por toda la calle.

Fue esa la noche que desapareció, ¿verdad, Moi?, dijo Huw.

¿Quién, Em? Sí, fue el martes de la semana pasada.

Era una noche de luna igual que esta y todos se habían ido a la cama menos el padre del Pequeño Will el del Policía. Fue precisamente oírlo llamando a la puerta de los vecinos para pedir a Ellis, el hermano de David Evans, que fuera a ayudarlo a buscar a Em, lo que me llevó a levantarme y acercarme a la puerta, a ver qué pasaba. Cuando vi al policía en la puerta de los vecinos, volví derecho al cuarto y empecé a vestirme y a calzarme.

¿Qué es lo que pasa? ¿Adónde vas? Que todavía no es la hora de levantarse, dijo mi madre medio dormida.

Solo voy a la calle a ver qué pasa, dije bajito.

¿Ya ha vuelto ese dichoso Emyr a las andadas?, dijo mi madre. Ten cuidado, no te alejes mucho con ellos. Y tras darse la vuelta en la cama se durmió profundamente de nuevo. Salí sin hacer ningún ruido y cerré la puerta después de coger la llave para poder entrar cuando volviese.

El padre del Pequeño Will el del Policía estaba en la entrada hablando en voz baja con Ellis Evans. Deberíamos llevarnos una cuerda, dijo Ellis Evans, puede que la necesitemos.

Cierto, coge una cuerda, dijo el policía. Nos pasaremos primero por Monte Alegre, por si ya ha vuelto. Todos los demás están esperando en el cruce.

Ellis Evans, ¿puedo hacer algo?, dije mirando de reojo al policía.

A estas horas de la noche tu sitio es la cama, dijo.

Pero los seguí, y cuando llegamos a Monte Alegre, el policía abrió la verja y llamó a la puerta de entrada. Hasta que volvió a llamar no respondieron.

Nos llegó la voz del Pequeño Owen el Carbones: ¿Quién diantre es ahora? Seáis quienes seáis, os podéis ir al cuerno.

Owen, sal enseguida, dijo Ellis Evans, o acabas en los Calabozos. El policía quiere verte.

Que os vayáis al cuerno, repitió la voz de Owen.

¿Ha vuelto Emyr?, dijo el policía por la cerradura.

No, ni falta que hace que vuelva el mariposón ese, dijo la voz de Owen.

Vamos a salir a buscarlo con una cuerda, dijo Ellis Evans.

Pues si lo encontráis, lo ahorcáis y que se vaya al infierno. Ahora volved a la cama a dormir y dejad que lo hagan los demás, por el amor de Dios, dijo la voz de Owen. Que se ahogue, que se ahorque o que haga lo que le dé la real gana.

Ha estado bebiendo, dijo Ellis Evans.

Sí, déjale, dijo el policía. Nosotros continuamos.

Y a la madre de Owen no la oímos decir ni pío. Debía de estar dormida como un tronco.

Entonces, donde acaban las casas y con las manos en los bolsillos, estaba nada más y nada menos que Moi. ¿Cómo has salido, Moi?, dije.

Bueno, a mi madre no le ha importado porque el tío Owen está con los que buscan a Em, dijo Moi.

¿Tú crees que a Huw lo dejarán salir?

No lo sé, chaval.

Ni yo.

Pero al llegar al cruce vimos con los demás precisamente a Huw. Como era una noche clara de luna, más o menos una docena de hombres había salido y brillaba la grava en Lôn Newydd. Todos hablaban y algunos fumaban mientras esperaban a que el policía diera las órdenes. Allí estaban Hughes el Coadjutor, y David Evans de Vista Snowdon, y el Pequeño Harry el Zuecos, y Will Ellis el Porteador, y el tío Owen de Moi, y el hermano de Ann Jones la Tendera, y David Jones el Guardabosques, y Frank el Colmenas, además de Ellis Evans, el policía y un par más que no reconocimos.

Orden, mozos, dijo el policía, vamos a dividirnos en dos partidas. Ellis Evans sube con un grupo por el Waun, pasa Pen y Foel hasta Pen Garnedd y después baja por Allt Goch hasta el final del lago Negro. Yo iré con el otro grupo pasando el Braich por el camino del Correo y siguiendo el río, así que nos encontramos todos al final del lago Negro. Si el grupo de Ellis

Evans lo encuentra, que lo lleve Ellis Evans a los Calabozos, y si lo encuentra nuestra partida lo haré yo. Y a las cinco volvemos todos aquí, al cruce, tanto si lo hemos encontrado como si no.

La vez anterior se fue al campo de las Ovejas a intentar ahorcarse, dijo Frank el Colmenas.

Sí, eso ya lo sabemos, dijo el policía, pero no ha ido ahí esta noche. El señor Hughes lo ha visto dirigirse en la otra dirección, así que siguiendo ese camino solo puede haber ido al Waun o al Braich. Pongámonos en marcha, cada uno a su partida, y salgamos, que se nos va a hacer de día. Vosotros tres, a casa. Vuestro sitio es la cama, que tenéis que levantaros para ir a clase, nos dijo.

Eso es, Moi, vete a la cama como un chico formal, dijo el tío Owen de Moi.

Así que nos quedamos en el cruce un ratito hasta que las partidas avanzaron hacia el Waun y el Braich.

¿Y por qué no los seguimos?, dije. Quiero ver cómo atrapan a Emyr.

Eso, vamos, dijo Moi.

Pero solo parte del camino, dijo Huw, o mi madre me zurra cuando llegue a casa.

¿Y a qué partida seguimos?, dije.

No quiero subir hasta Pen y Foel por el Waun, dijo Huw.

Bueno, dijo Moi, iremos entonces por el camino del Correo, la vicaría y el puente de los Establos.

Dios mío, ¿y si nos lo encontramos de frente por el camino del Correo?

Calla la boca, bobo, dije, que no vamos a encontrárnoslo.

Pero si lo vemos, silbamos para que vengan y nos vamos corriendo a casa, dijo Moi.

Dios mío, nunca había estado fuera tan tarde, dijo Huw.

¿Adónde creéis que habrá ido, chicos?

Pues no lo sé, dije.

Ni yo tampoco.

Hay muchos sitios donde puede ir si quiere matarse, dijo Moi. Si estuviéramos en pleno invierno, le bastaría con salir de casa, como Moi Ffridd, subir todo el Waun hasta la ladera del Foel y tumbarse en la nieve hasta la mañana.

Pero no lo puede hacer una noche tan buena como esta, dijo Huw.

O si quisiera, podría escalar el Pen Ceunant y tirarse de cabeza al lago del Hombre de la Luna, dijo Moi, porque no tiene fondo.

Yo no decía nada, me limitaba a pensar y dejar que hablaran ellos dos. Porque cada vez que alguien mencionaba el lago del Hombre de la Luna, me acordaba de la canción que cantaba madre en la cocina mientras planchaba y yo estaba en la cama con las lágrimas corriéndome por las mejillas, escuchando la triste canción.

Sola en lejano arrecife
en noche de oscurida-a-ad
sentábase una doncella
de una belleza sin pa-a-ar
Allende miró y lejos un remolino sopló,
un extraño la miraba,
y el miedo la desmayó.
Regresada del desmayo,
loca el miedo la tornaba,
ojos locos como el rayo,

como el brillo de la espada:
deseo solo vola-a-ar,
al alba debo exhala-a-ar.

Dios mío, qué pena me daba esa muchacha y vaya miedo tenía a que madre acabara de cantar antes de que la salvase su novio o quien fuese. Algunas veces me dormía a mitad de la canción y luego me despertaba sudando, justo cuando me iba a caer en el lago del Hombre de la Luna desde Pen Ceunant mientras intentaba salvar a la muchacha.

Huw le iba diciendo a Moi: ¿Por qué crees que se ahorca la gente?

Pues porque se vuelven locos, por qué va a ser, dije.

Pues sí que debe de doler cuando la cuerda te aprieta al cuello, dijo Huw.

No, tanto no duele, dijo Moi.

Oye, ¿y tú cómo lo sabes?

Porque es muy fácil ahorcarte si quieres. Solo tienes que colgar de una rama o algo así una cuerda con un nudo corredizo, te subes a una piedra o algo parecido, metes el cuello en el nudo y te lanzas desde la piedra. Yo lo intenté una vez por diversión, solo por ver qué pasaba, en el retrete del final del patio. Colgué una cuerda con un nudo corredizo detrás de la puerta y pasé la cabeza por el nudo. No salté desde ningún sitio, únicamente me puse en cuclillas para que me apretara un poco. Es muy fácil.

Vaya, tu tío Owen te habría dado una paliza si te hubiera pillado, dijo Huw.

Y tanto, dijo Moi.

Luego seguimos avanzando un rato sin que nadie dijera nada por el camino del Correo, menos Huw, que a mitad se puso a silbar *Toda la larga noche* muy bajito. Yo iba mirando la luna hasta que llegamos a la curva al final de Allt Braich.

Por todos los santos, chicos, tened cuidado, dijo Moi, que de repente frenó en seco como un muerto. Huw y yo también nos paramos, alarmados. Acercaos al muro y escondeos, dijo agazapándose al lado de la tapia; lo seguimos y lo imitamos. Moi, ¿qué pasa?, susurré. Bobos, daos prisa, echaos al suelo tras la loma y escuchad.

Y ahí estábamos los tres, echados detrás de la loma que hay al doblar la esquina, al final del Allt Braich, cuando oímos que algo saltaba el muro en dirección al camino del Correo y el ruido de alguien que andaba deprisa por el camino, con botas pesadas de clavos que llevaban algo suelto en uno de los pies. Se acercaba cada vez más, y yo temblaba como una hoja y nos quedamos esperando los tres a que apareciera por la curva.

Y a quién vimos sino a Emyr doblando la curva. Iba por en medio del camino del Correo, andando deprisa a pasitos cortos como si llevase una falda que lo apretara a la altura de las rodillas, con el mentón levantado y la vista fija en algún sitio más allá del camino del Correo. Llevaba las manos metidas en las mangas del abrigo, como una vieja con mitones. En la cara lucía una sonrisa extraña e iba con la lengua fuera, parecía un perro que viene de matar ovejas. Estuve a punto de ahogarme cuando traté de contener la respiración a su paso.

Deberíamos silbar tres veces y correr a casa, dijo Huw después de que Em desapareciera de nuestra vista por el camino del Correo y nos sentáramos en la loma.

No, mejor no, dijo Moi. La partida que va con el policía llegará de un momento a otro al camino del Correo. Seguro que lo atrapan ellos.

Con lo rápido que va, ni por asomo.

Bueno, pero seguro que se acabará cansando.

Fui yo quien dijo: Será mejor que volvamos, y Huw y Moi respondieron: Bueno, vale. Así que nos pusimos en marcha sin añadir nada, pasamos otra vez por Allt Braich y bajamos por el camino del Correo hasta el puente de los Establos.

El tío Owen va con la partida del policía, dijo Moi. Ya nos lo contará todo a mi madre y a mí cuando vuelva a casa. Así que mañana por la mañana os lo contaré todo de camino al colegio.

Es esta mañana, dije.

Ah, sí, es verdad, esta mañana, dijo Moi riendo mientras torcía para cruzar el puente de los Establos. Buenas noches, chicos.

Buenos días, dijimos Huw y yo.

Ah, sí, es verdad, buenos días.

A lo mejor lo atrapa la partida de Ellis Evans, le dije a Huw cuando nos acercábamos a los Calabozos. Entonces seré yo quien se entere por los vecinos para contároslo mientras vamos a clase, si es que veo a Ellis Evans el Vecino antes de que se vaya a la cantera.

Pero fue la partida del policía la que atrapó a Em en el camino del Correo, al final del lago Negro. Así que fue Moi quien nos contó que estaba de rodillas a un lado del camino, sin zapatos y con los pies llenos de ampollas y llorando, llamando a gritos a su madre. Le fabricaron una camilla con dos palos y el abrigo de Hughes el Coadjutor, se lo llevaron por el camino del Correo y lo metieron en los Calabozos.

Y la Pequeña Jini de Pen Cae también desapareció esa noche, aunque nadie se enteró. Y el tío Owen de Moi fue diciendo que Em se la había llevado al bosque de Allt Braich con él. En todo caso, fue en el bosque donde la encontraron al día siguiente, durmiendo como un tronco junto a un tocón. No volvimos a ver a Em hasta el día aquel en que la madre de Owen nos hizo entrar a su casa para que lo viéramos metido en el ataúd encima del sofá, con la boca abierta de par en par.

Al bueno de Em le encantaba llevarse a niñas de paseo y levantarles las faldas, dijo Moi.

El pobre Em. Fue justo aquí donde lo vimos torcer por la curva, detrás de esa loma a un lado del camino. Y además debía de ser más o menos esta hora de la noche, una clara noche de luna como esta. Dios santo, ten cuidado por si en la curva, detrás de la loma, hay también algunos zascandiles que te observan y piensan que te has vuelto loco. Cuando pases, mira bien para asegurarte. Seguro que si Em se hubiera fijado bien aquella noche nos habría visto. Pero Em iba todo el tiempo con la vista fija más allá del camino del Correo. Dios mío, jamás olvidaré esos ojos. Parecía que podían ver y oír a la vez.

Me pregunto qué es lo que verían. Si hubiese vuelto la cabeza para mirar a la izquierda, no habría distinguido más que esa loma de aulagas al lado del Braich. A lo mejor vio una rata que corría sobre el muro, como la que nosotros descubrimos una vez. Tampoco podía ver nada a la derecha, solo los yacimientos de planchas en la cantera que brillaban bajo la luna filtrada a través de las ramas de los árboles. En esos bosques también hay alguna que otra ardilla. Pudo haber visto una. Habría tenido que mirar por encima del muro para ver los salmones dando sus saltos en el río. Pero no miró por encima del muro. Iba todo el tiempo con la vista fija hacia delante.

Desde aquí, la vista le debía de llegar lejísimos. El camino del Correo continúa recto durante un buen tramo por esta parte, después de torcer en la curva. Llega recto casi hasta el final del lago Negro. Em miraba así, con los ojos un poquito cerrados. De este modo no se puede ver nada, aparte del camino del Correo todo blanco y el río que brilla al lado, siguiendo el mismo curso. Y no hay nada más aparte de una montaña a cada lado, y miles y miles de sombras al final del camino del Correo, que cuanto más avanzas, más lejos llegan. Dios mío, yo no podría estar mucho rato mirando de ese modo, con los ojos medio cerrados. Duele demasiado. Al bueno de Em le debieron de doler esa noche los ojos, si no estaba viendo algo más de lo que estoy viendo yo. Me pregunto qué es lo que sería.

Aunque a lo mejor escuchaba con los ojos. Quizá podía oír la Voz. Pero ¿qué Voz, so bobo? No existe ninguna Voz. Aunque la hubo, hace mucho tiempo. ¿No recuerdas cómo te contó madre que Will Cuello de Almidón la había oído una noche en el puente de los Establos? Y, además, fue con los dos ojos como la oyó.

Yo estaba sentado al lado del fuego intentando aprenderme unos versículos de la Biblia mientras ella planchaba un cuello almidonado sobre la mesa. Y me acuerdo de qué versículo era:

He aquí que un misterio nos es desvelado. No todos dormiremos por toda la eternidad, sino que seremos elevados. En un instante, en un abrir y cerrar de ojos, con la última trompeta, pues sonarán las trompetas, y los muertos se levantarán incorruptos y seremos todos elevados. Pues lo corrupto se tornará incorrupto y lo mortal se tornará inmortal.

Lo había repetido para mis adentros cientos de veces y estaba mirando la plancha que tenía madre en la mano subir y bajar, de cuello almidonado en cuello almidonado, mientras intentaba repetir los versículos sin mirar. Y para acordarme de algunas palabras, trompeta, por ejemplo, pensaba en los músicos del Ejército de Salvación. Entonces las palabras Se tornará incorrupto y la plancha de madre me llevaron a pensar en Will Cuello de Almidón, que tocaba el trombón con los músicos del Ejército de Salvación los sábados por la noche en la esquina de los Calabozos.

Por diversión, solo para hacer reír a mi madre, pregunté: ¿Son esos los alzacuellos de Will Cuello de Almidón, madre?

Claro que no. Son todos alzacuellos del señor cura. Lo sabes de sobra, dijo pero no se rio.

Solo era una broma, dije.

Tú sigue aprendiéndote esos versículos. Debería darte vergüenza burlarte de alguien como Will Cuello de Almidón. Si leyeras la Biblia solo la mitad de lo que la lee cada día de su vida Will Cuello de Almidón, serías un chico mucho más formal, en vez de salir todas las noches por ahí a hacer trastadas con ese dichoso Huw.

Entonces siguió planchando, sin decir nada más durante un ratito, hasta que yo iba por la mitad de la frase: He aquí que un misterio nos es desvelado…

Tampoco ha sido él siempre un buen hombre como ahora, ojo, dijo mi madre. ¿Quién?, dije.

Will Cuello de Almidón. Hace mucho tiempo era un zascandil, todas las noches borracho en esa dichosa Campana Azul, diciendo malas palabras, peleándose en la calle y durmiéndose en las cunetas hasta la mañana, en vez de estar en Casas Blancas metido en su casa. Mientras tanto su madre dejaba encendida la luz y se quedaba esperándolo toda la noche levantada. Pues sí que fue ese buena pieza de joven.

¿Y cómo es que se volvió bueno?

Pues porque oyó la Voz. Quita de ahí los pies por si te quemo, dijo madre mientras metía con las pinzas un bloque de metal recién sacado del fuego dentro de la plancha.

¿Qué Voz?

Da igual qué Voz fuera, dijo volviendo a la plancha. Tú no te acuerdas de esos tiempos, cielo. No habías nacido. Fue la época del Avivamiento y mucha gente oía la Voz todas las noches. Era sobre todo en la capilla de Salem donde la mayoría la oía. Aunque hubo algunos que la oyeron en la ladera del Foel, otros en Allt Braich y otros al lado del río, algunos simplemente mientras andaban por el camino del Correo y otros mientras estaban en la cama.

¿De veras?

Sí, de veras. Aquellos días aquí se respiraba un aire raro. Pero Will Cuello de Almidón fue el único en ver y oír a la Voz al mismo tiempo.

¿Que vio la Voz? ¿Cómo pudo ver una Voz?

Bueno, una noche había estado bebiendo en La Campana Azul toda la velada y se iba para casa con una cogorza enorme, haciendo eses de un lado a otro de la calle por todo el camino del Correo, por donde los Calabozos. Y cuando torció y salió del camino del Correo para llegar a Casas Blancas cruzando el puente de los Establos, de pronto se sintió muy mal y sacó la cabeza por encima del puente para vomitar. Cuando acabó, mientras seguía mirando abajo hacia el río, vio nada menos que una gran bola de fuego que daba vueltas y echaba chispas siguiendo el cauce, y subía por un lado del puente. Al llegar al muro del puente se paró al lado de Will Cuello de Almidón, aunque entonces el zascandil todavía no llevaba cuello de almidón ni corbata, y la bola de fuego empezó a hablarle.

Will, malvado pecador, le dijo la Voz de la bola de fuego, ¿acaso no te has salvado todavía? ¿No sabes hacia dónde te diriges? ¿No sabes que vas de cabeza al infierno, derecho a todo el fuego y el azufre, que serás condenado por toda la eternidad? Entonces mi madre levantó la plancha de la mesa y la giró mientras la sostenía para enseñarme cómo hablaba la bola de fuego.

El pobre Will, dijo. Estaba apoyado en el muro del puente y temblaba como una hoja, con la vista fija en la visión como un imbécil. Entonces le dio por gritar: ¿Qué voy a hacer? Ay, madre querida, ¿qué voy a hacer? Y entonces la bola de fuego le respondió: Arrepiéntete, pecador, arrepiéntete. Luego la bola empezó a dar vueltas echando chispas y volvió al puente, bajó al río y desapareció.

El bueno de Will llegó a Casas Blancas más sobrio que un santo, y ¿dónde crees que lo vieron al día siguiente?

No sé. ¿Dónde, madre?

De rodillas sobre el reclinatorio de los pecadores en la capilla de Salem, gritando como un loco a pleno pulmón: La salvación es como la mar, siempre acercándose a la orilla. Conque nunca más volvió a La Campana Azul y, en vez de quedarse en la cama y perderse el turno en la cantera e ir por ahí sin cambiarse la ropa después de la cena, empezó a llevar todas las noches un cuello limpio con una corbata negra para ir a las reuniones de la parroquia y a los grupos de oración de la capilla de Salem.

Cuando llegaron los del Ejército de Salvación, fue a unirse a ellos. Después, durante muchísimo tiempo, nos estuvo contando la historia de la bola de fuego del puente de los Establos, durante su sermón de los sábados por la noche, en la puerta de donde los Calabozos. Ahora ya no la cuenta, desde que empezó a tocar ese dichoso trombón con los músicos del Ejército de Salvación.

A mi madre se le daba bien imitar a la gente. Así es como siempre acababa el sermón, decía sosteniendo en alto la plancha con la mano y levantando la voz para que sonara igual que la de Will Cuello de Almidón a la puerta de los Calabozos.

Soy Saulo de Tarso, decía Will según ella. Soy Saulo de Tarso. He visto cómo la luz de la salvación eterna me iluminaba. Pero no fue en el camino a Damasco donde la luz de la salvación eterna me iluminó. No, queridas gentes, provenía de una bola de fuego en el puente de los Establos de camino a Casas Blancas. Y me iluminó, a mí que no me avergonzaba al sentarme con aquellos que se mofan del Señor en La Campana Azul. Oíd la advertencia de Saulo de Tarso antes de que sea demasiado tarde.

Pero todos lo llamaban Will Cuello de Almidón, dijo mi madre.

Dios mío, sí que estaba sembrada esa noche, y yo me desternillaba por el suelo y me divertía muchísimo viendo cómo se burlaba de Will Cuello de Almidón.

Madre, ¿y usted oyó la Voz en algún sitio?, pregunté.

No lo sé, dijo. No que yo sepa, cariño. Yo era entonces una jovencita, ojo. Aunque sí he oído gran cantidad de cosas extrañas desde entonces. Vaya, ya lo creo que sí. ¿Has acabado de aprenderte los versículos?

Casi, dije. Pero ya se me habían olvidado en cuanto me fui a la cama, y no pude dormir por nada del mundo hasta que llegó también ella. Luego estuve viendo la bola de fuego durante toda la noche, que daba vueltas y echaba chispas, mientras oía un sonido de petardos como si fuera la noche de San Juan.

4

Una cosa es cierta. Esta noche no puedo perderme en el camino del Correo, como me perdí el día que fui a coger arándanos. Moi no nos acompañaba ese día. Estaba metido en la cama porque había cogido un resfriado cuando el Pequeño Owen el Carbones se lo llevó a pescar salmón y le hizo estarse fuera sin abrigo toda la noche, vigilando por si acaso aparecía Jones el Guardabosques. Moi nos dijo a la semana siguiente que solo habían pescado dos. Y de qué nos sirven dos salmones, dijo. Para luego tener que quedarme en la cama una semana, sin poder salir a jugar o ir a Pen y Foel con los chicos a coger arándanos.

La noche anterior habíamos quedado en encontrarnos en el cruce a las cinco de la mañana, cada uno con su cántaro y su cesta. Todos llegaron antes de las cinco menos Huw, y yo estaba un poco incómodo porque las demás eran todas chicas.

Allí estaban Mary Ciruelas y sus dos hijas con unos cántaros enormes, no como los pequeños que teníamos Nell de Bella Vista y Kate de Casas Blancas y yo. Solo llevábamos un cántaro pequeño cada uno, porque únicamente íbamos a coger arándanos para llevarlos a casa. Mary Ciruelas y sus hijas llevaban unos enormes porque iban a vender los suyos a la vuelta y a ganar mucho dinero con ellos.

Date prisa, chaval, le dije a Huw cuando llegó, que llevamos una eternidad esperando.

Si solo son las cinco, dijo Huw mientras se restregaba los ojos. Su cántaro también era pequeño.

Ahora en marcha, que se nos hará de día, dijo Mary Ciruelas.

Así pues, emprendimos el camino al Waun por el mismo recorrido que había hecho la partida de Ellis Evans el Vecino mientras buscaban a Em, el hermano mayor del Pequeño Owen el Carbones. Le habíamos preguntado a Mary Ciruelas y a las demás si podíamos acompañarlas, porque no sabíamos ir donde estaban las bayas en Pen y Foel. Al principio, a Mary Ciruelas no le había hecho mucha gracia.

Sois demasiado pequeños, dijo.

Tenemos la misma edad que sus dos hijas, dijo Huw.

Bueno, está bien, dijo Mary Ciruelas. Pero que sepáis que tendréis que ir a buen paso y no desviaros.

Lo haremos, dije.

No lo haremos, dijo Huw.

Dios mío, qué frío hacía una vez pasada la granja de Waun, y cruzamos lo más rápido posible, uno detrás de otro, la puerta del Foel. Nadie se había levantado aún en la granja de Waun. Aunque sí que despertamos a un pobre diablo al hacer chirriar la puerta mientras pasábamos. Fue Charlie, el perro de Ellis de

Waun, que se puso a ladrar como un loco, pero debía de estar atado porque no nos persiguió.

Cuando empezó a clarear y llevábamos muchísimo rato andando, creí que habíamos llegado ya a la cima del Foel.

No, so bobo, dijo una de las hijas de Mary Ciruelas que iba por delante de nosotros, aún queda mucho. Huw y yo habíamos creído que estábamos en la cima por la bruma blanca que nos rodeaba, aunque cuanto más andábamos, más lejos llegaba la bruma y una parte mayor de la ladera se hacía visible. Creíamos continuamente que ya habíamos alcanzado la cima del Foel cuando solo habíamos llegado a lo alto de un montecillo y siempre había delante otro monte.

Dios mío, casi no puedo respirar, dijo Huw por detrás, así que empecé a aminorar la marcha mientras las demás se nos adelantaban cada vez más.

Apurad el paso, vagonetas, nos llegó la voz de una de las chicas de Mary Ciruelas cuando estábamos a punto de perderlas de vista por detrás de otro monte, que si no podéis caminar algo más rápido nuestra madre os va a mandar a casa.

Venga, Huw, le dije. No podemos seguir yendo tan lento.

Ahí estábamos los dos resoplando como locomotoras. Aunque cuando se nos apareció el siguiente monte a la vista, Mary Ciruelas y las demás estaban ya sentadas en la cima esperándonos.

Deben de estar cansadas también, dijo Huw por detrás.

Cuando llegamos a la cima del montículo, fue estupendo descansar y sentarse con calma y ver desde arriba todo el pueblo a lo lejos, tan lejos que casi no alcanzábamos a verlo. Salía humo de todas las chimeneas y, por el otro lado, en la cantera, un vagón se iba desplazando sobre el vertedero de pizarra.

¿Qué hora es?, dije.

Las siete y media, dijo Nell de Bella Vista.

¿Cuánto más nos queda por andar?, le preguntó Huw a Mary Ciruelas.

Solo media hora.

¿Hay muchos más montes?

No. Ahí lo tienes, el Pen y Foel.

Y cuando levantamos la vista, no quedaba por delante ni rastro de bruma, solo el Pen y Foel y el cielo.

Empezaremos a recolectar por allí, dijo una de las chicas de Mary Ciruelas mientras nos señalaba a lo lejos el lugar.

Tuvimos que andar otra media hora más, pero era estupendo caminar en llano, siguiendo la cañada de las ovejas entre arbustos de arándanos, en vez de andar por donde resbalaba todo el rato. Y cuando llegamos al mejor sitio para coger las bayas, nos sentamos todos y abrimos las tapas de las cestas y sacamos algo de pan con mantequilla. A Huw y a mí se nos había olvidado que íbamos a tener sed y no habíamos llevado una botella de leche como las demás. Pero Huw echó un trago de la botella de Nell de Bella Vista, y Kate de Casas Blancas me dio un traguito a mí.

Ahora poneos en marcha, cada uno con su cántaro, dijo Mary Ciruelas, y nos fuimos todos a coger arándanos.

Oye, que te los has estado comiendo, dijo Huw cuando llevábamos horas nosotros solos recolectando, tienes la boca toda azul. Y ni siquiera has llenado todavía el fondo de tu cántaro. Mira, el mío ya va por un cuarto.

Es que me he metido algunos en un bocadillo, dije. Dios mío, y bien bueno que estaba. Parecía un bizcocho de grosella.

Que no te vea Mary Ciruelas el jugo de arándano en la boca. A las chicas no les deja comerse ni uno.

Bueno, pues me la limpio.

No sirve porque no se quita. ¿Por qué no vamos ahora a recolectar allí donde las chicas? Están en el mejor sitio para los arándanos.

Bueno, pero yo me quedo aquí. Ve tú.

Y Huw se fue.

Desde donde estaba sentado podía ver hacia abajo el camino del Correo, que llegaba lejos, y el río que corría al lado. Y las barcas a motor que lo subían y bajaban como hormigas, algunas hacia el final del lago Negro y otras bajaban hacia el pueblo. Seguro que si me dejo caer, pensé, podría deslizarme hasta el camino del Correo, solo que iría a una velocidad del demonio al llegar al fondo y estaría sin frenos, igual que Davey, el chico de Johnny Edwards el Carnicero, esa vez que bajó el Allt Rhiw volando con la bicicleta y se chocó con el carro de Bob del Carro de la Leche y se abolló la frente. Si tuviera un freno, me dije, sería una maravilla deslizarme cuesta abajo hasta el camino del Correo, y me hice otro bocadillo de arándanos con los pocos que me quedaban en el fondo del cántaro. Entonces podría bajar al camino del Correo sin tener que dar toda la vuelta por el Waun desde el Pen y Foel. Llegaría a casa mucho antes que los demás.

Uno creería que desde aquí iba a parecer que el cielo estaba cerca, después de haber subido tan alto. Pero ahí tumbado de espaldas, no me pareció nada cercano, no se veía nada más que cielo azul sin una sola nube que lo estropease, y el sol que me quemaba las mejillas. Dios mío, debe de ser estupendo poder ir al cielo, dije. Es raro que desde aquí no se vea el cielo, ni a ningún ángel volando de acá para allá. Es que eso será la parte de abajo del suelo del cielo y por el otro lado el suelo será también azul.

Dios mío, seguro que hizo falta mucho tinte azul para pintarlo todo. Mucho más que el que usa mi madre un día de colada. Cuando me desperté no me acordaba de dónde estaba, con los brazos que me hormigueaban enteros por haberme dormido con las manos bajo el cuello. Cuando me desperté había nubes en el cielo y hacía un poco de frío. Será mejor que me vaya donde los otros, dije recogiendo el cántaro y levantándome. Oye, si antes estaban ahí, pero ahora no hay ni rastro de ellos. ¿Y ahora qué hago?, dije mientras empezaba a asustarme. Eché a andar a través de los arbustos de arándanos, pero no pude encontrar la cañada de las ovejas ni veía tampoco a nadie por ningún lado.

Dios mío, os habríais asustado de estar en mi lugar. Recorrí kilómetros sin ver nada más que arbustos de arándanos y más arbustos mientras el aire, como el mar, hacía remolinos a mi alrededor. El corazón me latía como un pandero y eché a correr, pero me tropecé con una piedra o algo parecido, caí en medio de un arbusto de arándanos y perdí el cántaro. Luego estuve durante una eternidad demasiado asustado para levantarme, temblando como una hoja.

Y entonces me acordé de Huw. A lo mejor también él se ha perdido, pensé. Y eso me hizo levantarme y echar a andar muy despacio, buscando por todas partes a ver si veía a alguien. Pero no veía más que arbustos de arándanos y el cielo, y gritar o silbar me daba miedo por el gran silencio que había.

Entonces seguí muy despacio sin mirar nada más que el suelo para ver si encontraba la cañada de las ovejas. Dios mío, cómo me alegré cuando la encontré justo en medio de los arbustos de arándanos.

Pero no sabía qué dirección tomar. Por aquí se vuelve, dije. Y luego: No, es por aquí. Me quedé así durante una eternidad, intentando decidirme. Al final extendí la mano, escupí encima y le di un golpe al escupitajo con un dedo. El escupitajo se fue hacia la derecha. Por ahí, dije, y eché a andar apurado por la cañada de las ovejas.

Después de caminar durante una eternidad, la cañada de las ovejas empezaba a descender. Estos son los montes que hemos subido antes, por fuerza, dije.

¿Qué me dirá mi madre por perder el cántaro? Me queda un trozo de pan con mantequilla, me lo puedo comer cuando baje el siguiente montículo. ¿Dónde está la cesta? Maldita sea, también me la he dejado en el arbusto de los arándanos. Pues me he quedado sin pan con mantequilla. Dios mío, qué sed. Es una pena que no haya traído la botella de leche para bebérmela, igual que Nell de Bella Vista y Kate de Casas Blancas. ¿Ahora dónde estarán, digo yo? Ya en sus casas, seguro, con cántaros a rebosar de arándanos. Dios mío, qué bien se le da a esa Mary Ciruelas recolectarlos. ¿Has visto cómo los cogía de rodillas, con las dos manos a la vez y el cántaro entre las piernas, sin levantar la cabeza para echar un vistazo ni una sola vez hasta que era la hora del pan con mantequilla? Dios mío, el pan con mantequilla sí que estaría bien ahora. A lo mejor los alcanzo cuando llegue a la cima de ese montículo siguiente de ahí. Espero que el bueno de Huw vaya con ellos y no se haya perdido como yo. Dios mío, tengo la boca seca, igualito que Em, el hermano mayor del Pequeño Owen el Carbones, cuando estaba tendido en el sofá. Ahora una taza de té estaría bien.

Así iba todo el rato hablando solo mientras bajaba la cañada de las ovejas, hasta que llegué a la cima del siguiente montículo, esperando ver a Huw y los demás bajando por delante de mí. Casi me da un ataque al llegar a la cima de ese montículo.

En vez de a Huw y las chicas por delante, vi nada más y nada menos que el camino del Correo aún muy por debajo de mí y muchas piedras a uno de los lados, y al otro lado, un lago enorme al que no le llegaba el sol. Eso es el lago Negro, por fuerza, dije, y entonces supe que tenía que haber ido en la otra dirección y que el escupitajo me había engañado. Ya no me creeré lo que dice Moi, eso de escupirte en la mano si te pierdes, nunca más. Menos mal que ahora no quiero escupirme en la mano, ya no me queda suficiente saliva. Dios mío, qué sed.

Por un momento pensé que sería mejor volver por la cañada de las ovejas, pero cuando me volví para mirar, no vi por detrás nada excepto el monte que subía hasta el cielo. Pero este camino tiene que llegar al camino del Correo, dije, todo se arreglará en cuanto llegue al camino del Correo.

Por ahí abajo además hacía mucho más calor y el sol volvía a dar en el camino del Correo, aunque no había alcanzado el punto de la ladera en el que yo estaba, ni el lago Negro. Pero no esperaba verlo en ese lugar, porque eso era lo que me había dicho Ellis Evans el Vecino la mañana después de encontrar a Emyr. El sol nunca ilumina el lago Negro, dijo, y por eso se llama lago Negro, claro. A madre le va a dar un ataque cuando le diga que me he acercado al lago Negro. Deprisa, que si no vas a llegar nunca, me dije bajando el monte tan deprisa como podía.

Había una granja al lado del lago Negro, en la parte llana antes de llegar al camino del Correo. Voy a preguntarles si me dan un poco agua, pensé. A lo mejor me dan para beber leche con agua, porque casi me estoy muriendo de sed.

Estuve ahí en la entrada una eternidad, con miedo de acercarme a la puerta porque al fondo había un perro ladrando. Estaba a punto de arriesgarme a abrir la puerta cuando vino una señora a la entrada. Tenía la cara amable, con ojos azules, pelo blanco y mejillas sonrosadas. Yo justo estaba empezando a abrir la puerta.

¿Qué es lo que quieres, chiquillo?, dijo.

Algo de beber, por favor. Me estoy casi ahogando, dije.

Dios santo, sí que pareces cansado, entra y toma un vaso de suero de leche. ¿Quieres también un poco de pan con mantequilla?

Sí, por favor, dije, pasé por la verja y me quedé en la puerta mientras ella me hablaba desde la cocina.

He estado cogiendo arándanos en Pen y Foel y he perdido el cántaro y el cesto, luego me he perdido y he llegado hasta aquí, dije.

Pobrecillo, dijo en la cocina otra persona.

Aquí tienes, bebe esto y cómete el pan con mantequilla. Después te encontrarás bien. Siéntate aquí. ¿De dónde eres?

Del pueblo.

El camino del Correo te queda muy lejos de aquí.

Muchas gracias, dije cogiendo el enorme trozo de pan untado y el enorme vaso de leche, y fui a sentarme en el banco de pizarra bajo la ventana. Después de esto, ya estaré en condiciones de andar kilómetros y kilómetros.

Mientras estaba ocupado en beber, nada menos que el perro al que había oído ladrar al fondo apareció como un rayo desde la parte de atrás de la casa. Deja al chiquillo en paz, Toss, dijo alguien desde la cocina, y Toss se paró en seco cuando me vio sentado en el banco de pizarra. Era un perro pastor enorme con ojos del mismo color que los ojos de cristal. Al principio se puso a gruñir un poco y me dio miedo que me fuera a morder. Así que hice con los labios una especie de ruido de besos.

Ven aquí, Toss, dije, y al oírme decir su nombre meneó el rabo, abrió la boca y sacó colgando la lengua, como hacen los perros cuando se ríen.

Ven aquí, Toss, le dije otra vez y partí un trozo del pan que dejé a mi lado, en el banco de pizarra. Entonces se acercó muy lentamente, meneando el rabo, y cogió el pan del banco. Cuando le partí otro trozo, me lo cogió de la mano y luego me puso las patas delanteras sobre las rodillas y me empezó a lamer la cara. Enseguida nos hicimos grandes amigos y, cuando me acabé el pan con mantequilla, jugamos un rato a tirarle una piedra en el campo. Luego devolví el vaso vacío a la casa, llamé a la puerta y Toss se metió corriendo en la cocina.

Ahí estabas, dijo la señora de las mejillas sonrosadas al coger el vaso. Ahora tienes un aspecto algo mejor, chiquillo. Vete directo a casa, o tu madre se empezará a preocupar por ti.

Me voy. Muchas gracias. ¿Cuántos años tiene Toss?

Catorce.

Vaya, si es mayor que yo. Buenas tardes.

Cierra la verja al salir, dijo.

Fue estupendo avanzar por el camino del Correo después de haber estado todo el día caminando sobre la hierba, porque era un camino llano en su mayor parte. Fue ahí donde encontraron a Emyr arrodillado, por fuerza, dije al pasar por el muro del lado del lago Negro.

Dios mío, qué calor me entró después de estar andando como un kilómetro, me quité el abrigo y continué en mangas de camisa. El sol había derretido el alquitrán del camino y las botas de clavos se me empezaban a pegar a cada paso que daba. Me las voy a quitar, me dije, me senté en la hierba de la cuneta del camino, metí un calcetín en cada una, até los dos cordones juntos y me los colgué del cuello, alrededor de los hombros.

Entonces me quedé más a gusto, podía ir volando como el viento, el alquitrán era como pisar barro caliente, hasta que llegué al final de Allt Braich. Será mejor que me ponga otra vez las botas, dije, por si alguien me ve. Así que me senté detrás de la loma desde donde vimos pasar a Em. Y me acordé de que Em también iba descalzo cuando lo encontraron. Aunque en cambio yo no tenía ampollas en los pies.

Tuve suerte de llegar a casa en ese momento, porque si no se habría armado un jaleo enorme, igual que cuando desapareció Em. Justo acababa de cruzar la puerta y ni siquiera me había dado tiempo de sentarme o decir nada más que Hola, madre, cuando llamaron a la puerta. Y cuando madre fue a abrir apareció nada más y nada menos que Huw, respirando entrecortadamente y tartamudeando.

E-e-e, decía con aspecto de estar a punto de darle un ataque, pero entonces me vio detrás de mi madre haciéndole gestos para que se callase.

¿Qué le pasa a este chico?, dijo madre. Pero Huw se quedó ahí mirándola.

He venido corriendo por el monte y me he quedado sin aire, dijo al fin.

Bueno, pues entra y siéntate, le dijo mi madre.

No podía aguantar ver a Huw ahí sentado, mirándome tan enfadado, mientras mi madre echaba el té de la tetera. Pobre Huw. No tenía ni idea de lo que pasaba.

¿Por qué subías corriendo la cuesta, Huw?, le dijo mi madre.

Es por mí, que me he perdido, dije.

¿Que te has perdido dónde?

En Pen y Foel.

Maldita sea esta tetera.

Y se me ha perdido el cántaro, dije.

Pero qué calamidad. Ven a comer para que puedas ir a lavarte. Pareces un deshollinador. ¿Quieres una taza de té, Huw?

No, gracias, dijo Huw. Mejor será que me largue y se lo diga a Mary Ciruelas y los demás, o seguro que alguien se lo cuenta al padre del Pequeño Will el del Policía.

Sí, mejor vete, por si le organizan una partida de búsqueda, le dijo mi madre.

Eso, me voy, dijo Huw escabulléndose por la puerta y corriendo monte abajo.

No lo volví a ver esa noche. Estábamos los dos demasiado cansados para salir a jugar y Moi estaba resfriado en la cama.

Nada, dije mientras me estaba lavando en la jofaina, al fondo, cuando me preguntó mi madre qué había pasado en Pen y Foel. Nada, solo que me he quedado dormido por lo cansado que estaba, luego me he despertado, me he puesto a buscar el cántaro pequeño y no he podido encontrarlo, ni tampoco la cesta. Los he perdido los dos por andar buscando el cántaro pequeño y luego me he puesto a andar por la cañada de las ovejas para intentar encontrarlos pero me ha sido imposible. Vaya, pues será mejor que me vaya a casa, me dije, porque si no madre se va a preocupar. Voy a volver por el camino del Correo para llegar antes, pero acabé bajando al lago Negro.

¿El lago Negro?, dijo mi madre desde la cocina. No llegarías cerca del lago Negro, dijo muy despacio, como si tuviera miedo.

Me ha dado un vaso de leche y un poco de pan con mantequilla la señora de la granja, dije peinándome el pelo en el espejo. Tienen un perro de catorce años. Se llama Toss.

Solo intentaba seguir hablando, por si estaba enfadada conmigo. Pero al volver a la cocina, como los chorros del oro y con el pelo peinado, me agarró y me subió en brazos y me dio un beso enorme en la mejilla que duró una eternidad.

Cielo mío, dijo, no sé qué haría si me faltaras. Y le caían las lágrimas por la cara. No entendía por qué lloraba.

Una llamada a la puerta hizo que me dejara en el suelo y quién estaba allí cuando madre abrió después de secarse los ojos sino la vecina, la señora Evans, la esposa de Ellis Evans. Dichosos los ojos, dijo madre porque la señora Evans llevaba dos noches sin pasar por casa. Pasa, Grace Evans.

Solo un minutito, dijo ella cerrando la puerta al entrar. Tengo la tetera casi hirviendo.

Siéntate al lado del fuego, dijo madre. ¿Qué te trae por aquí?

Pensé que no te habrías enterado después de estar todo el día fuera, dijo la señora Evans sentándose en la silla después de que yo le hiciera sitio y me fuera a sentar al lado del parachispas dispuesto a escucharlas. Te vas a sorprender cuando te enteres de lo de Lisa.

¿Quién, Lisa de la Casa de Arriba?, dije porque no me había enterado bien de lo que había dicho.

Sí, la pobre criatura, dijo la señora Evans sin mirarme.

Ah, sí, esa, dijo madre mientras recogía las migas del mantel y lo doblaba, y fingía que no le interesaba nada de lo de Lisa de la Casa de Arriba. Pero yo sabía que era toda oídos. Las cosas no habían ido demasiado bien entre ella y Lisa desde el día que

Lisa apareció por la puerta y le dijo a madre que dejara de ir por ahí contando chismes sobre ella.

Hay personas que no hacen más que cotillear todo el día mientras los demás hemos de sudar para ganarnos el pan, le dijo mi madre a la señora Evans.

La pobre Lisa ha estado muy sola, dijo la señora Evans.

¿Y ahora en que lío se ha metido?, dijo mi madre, que se sentó y se puso a avivar las brasas.

No, nada, dijo la señora Evans, pero esta seguro que no te la esperas.

¿El qué no me espero, Grace Evans?, dijo madre, pero no me vengas ahora con otra de esas dichosas historias que van por ahí contando de Lisa, sean o no de fiar. De todas formas, ahora no podrá decir que soy yo la que va chismorreando sobre ella.

Pero Grace Evans estaba de buen humor. Bueno, pero escúchame, dijo dándole un cachete amistoso a mi madre. Siempre se tomaba más libertades con ella cuando estaba de buen humor. Oye, mira al muchacho, ahí todo oídos junto al parachispas. Pues atención con lo que voy a deciros. Y le dio otro cachete a mi madre.

¿El qué nos vas a decir?

Y dijo la señora Evans: Ellis había acabado la cena de la cantera y estaba ahí sentado en la butaca junto a la ventana poniéndose las gafas, a ver qué contaba esta semana el *Herald*, los cotilleos y demás. Es lo primero que hace todos los lunes por la noche mi Ellis, después de la cena de la cantera va y se sienta en el sillón de la ventana y se pone las gafas para leer. Y hasta que le toca irse a la cama, nadie le saca ni una palabra cuando se ha puesto ahí con el periódico. El gato ese me hace más compañía que tú cuando metes la cabeza en ese dichoso periódico, le digo yo siempre. Pero a Ellis siempre le ha gustado mucho leer.

Sí, ¿y qué más?, dijo mi madre. ¿Qué es lo que ibas a contar de Lisa?

Ajá, amiga mía, dijo la señora Evans poniendo una mano en la rodilla de madre. Eso es lo que me ha llamado la atención esta noche en Ellis. Se acababa de sentar y ponerse las gafas cuando de pronto se levanta del sillón y se quita las gafas para mirar algo por la ventana. ¿Qué es lo que te pasa, Ellis?, le he preguntado sorprendida.

Por Dios, ha dicho con las gafas en la mano, y se ha dado la vuelta para mirarme como si estuviera soñando. No me lo puedo creer, de ningún modo, ha dicho.

¿El qué no puedes creer, Ellis?, le he preguntado. ¿Algo que estás leyendo? Por Dios, ha vuelto a decir, todavía mirándome como si no estuviera. Me resulta imposible creer que no haya sido él.

¿Que no haya sido él, quién?, he dicho.

El que acaba de pasar por la ventana hace nada, ha dicho Ellis.

Pero ¿quién estás pensando que era?, he dicho.

Humphrey, ha dicho. Pero me tengo que haber equivocado, ha añadido, se ha vuelto a sentar y a ponerse las gafas.

¿Qué Humphrey?, le he preguntado.

O, si no, se le parecía mucho, ha dicho mientras volvía a coger el periódico.

¿A qué Humphrey te refieres, Ellis?, le he repetido.

Humphrey, el marido de Lisa. Era igualito que él. Llevaba una bolsa grande a la espalda y subía al monte.

Bendito sea Dios, qué cosa tan rara, he dicho y he salido a toda prisa por la puerta para echar un vistazo.

Pero no podía ser él, dijo madre.

Espérate un poco, dijo la señora Evans, que empezó a mecerse en la silla. Cuando he ido a la puerta, quién estaba ahí de pie en la cima del monte, enfrente de la casa de Lisa, sino el hombre que había dicho Ellis que era la viva estampa de Humphrey. Ahí estaba llamando a la puerta y lo siguiente que se oye es a Lisa gritando tan alto como para que la oiga toda la calle. Mi Humphrey, decía, amor mío, tesoro, dime, ¿eres tú? ¿Has vuelto con tu Lisa? Y la hemos oído gritar y llorar hasta que hemos vuelto a entrar en casa.

Vaya, vaya, mira por dónde, dijo madre lentamente, con la vista clavada en el fuego.

Entonces la señora Ellis se levantó de la silla. He pensado que querrías saberlo, dijo. Dios santo, se me debe de haber evaporado la tetera, seguro. Ellis ni se dará cuenta. No se entera de nada con la nariz ahí metida en ese dichoso periódico. Y salió disparada por la puerta como una ardilla.

¿Por qué llora otra vez, madre?, dije. ¿No está contenta con que el marido de Lisa haya vuelto de la mar?

Calla, tontuelo, que no estaba llorando, dijo secándose los ojos en el delantal mientras continuaba con la vista clavada en el fuego. Es que me estaba acordando de tu padre.

5

Al día siguiente, cuando me levanté, ver los ojos completamente rojos de mi madre me hizo recordar que era Viernes Santo. Hablando de desgracias, ese fue el día más desgraciado de mi vida, al menos hasta la hora de la merienda. E incluso después, pasada la merienda, no salió nadie a jugar, porque Huw se había ido a algún lado con su madre y Moi estaba en la cama resfriado.

Después del desayuno me fui a coger madera para mi madre al bosque de Tras el Huerto y ya entonces me dolía la cabeza. Mi madre me había dicho que no tardara mucho, porque quería que volviera a cuidar de la casa para que ella pudiera ir a misa de doce. Iba siempre a misa de doce el Viernes Santo y se quedaba allí hasta después de las tres de la tarde.

No le conté lo del dolor de cabeza, solo dije: De acuerdo, madre, volveré a tiempo para cuidar de la casa y así corto la

madera en el patio. Yo nunca le comentaba nada de que fuera
Viernes Santo, nunca desde esa vez hacía una eternidad en que
me explicó por qué iba siempre a misa de doce y se quedaba allí
hasta después de las tres.

¿Por qué va siempre a misa de doce?, le pregunté esa vez.

Porque fue a las doce cuando crucificaron a Jesús, dijo.

Me había aprendido ya en catequesis la historia de que habían
crucificado a Jesús, pero no parecía la misma cuando la contó
ella.

Entonces, ¿por qué se queda usted en la iglesia hasta después
de las tres?

Para sufrir con él, dijo. Tardó tres horas en morir, nada menos,
después de que le clavaran clavos en manos y pies con un martillo.

No pueden haberle hecho eso a Él. No es cierto.

Sí, sí que es cierto.

¿Quiere que vaya con usted a la iglesia, a sufrir con usted?

No, cielo, aún eres pequeño. Podrás venir conmigo cuando
te hayas confirmado.

¿Qué se hace para sufrir ahí durante tres horas, madre? ¿Se
cantan salmos?

No. Los salmos los recito. Nadie canta en Viernes Santo.
Nadie menos esa dichosa gente de la capilla.

No le pregunté nada más y ella tampoco me contó nada
más. Pero todos los Viernes Santos después de ese, durante
mucho tiempo, siempre me quedaba quieto donde estuviera
en el momento que sonaba el disparo de mediodía en la cantera, y me ponía a pensar en cómo le estaban clavando el primer
clavo en la mano con el martillo, en que había dos hombres
subidos a dos escaleras, uno que lo sujetaba por el brazo y otro
le clavaba el clavo.

Me acuerdo de un Viernes Santo que habíamos ido al campo de las Ovejas a coger pacanas y estábamos aún en ello cuando sonó el disparo de mediodía.

¿Qué pasa?, dijo Moi cuando vio que yo dejaba de coger pacanas y me quedaba ahí de pie sin decir nada.

Me estoy acordando de cuando crucificaron a Jesús.

Es por su madre, por lo visto es una mujer muy religiosa, dijo Huw mientras yo seguía quieto. Va a la iglesia todos los Viernes Santos.

¿Os gustaría a vosotros que os clavaran clavos en las manos con un martillo?, les dije. Pues entonces.

No fue así, so bruto, dijo Moi. Solo lo crucificaron.

Pues es que eso es crucificar. Y ni siquiera gritó ni nada, se limitó a rezar mientras los otros estaban todos atareados clavándole los clavos.

Dios mío, yo chillaría como un cerdo solo con que me clavaran un alfiler en la mano, dijo Huw.

Yo me puedo clavar un alfiler en la mano sin gritar, dijo Moi. ¿Alguien lleva uno? Os lo voy a enseñar.

Y cuando Huw le dio un alfiler, Moi se puso a clavárselo, traspasando la piel de la palma de la mano igual que si remendara un calcetín, y luego volvió a sacar la punta del alfiler de debajo de la piel. Y sin decir nada de nada.

Es muy fácil. Solo hay que contener la respiración.

Entonces se me olvidó toda la historia de Jesús hasta que mi madre volvió de la iglesia. Pero ese Viernes Santo en particular yo estaba solo en el patio cortando madera cuando dispararon el tiro de mediodía en la cantera y me dolía muchísimo la cabeza. Y cuando me quedé quieto, cuanto más quieto me quedaba, más pensaba en gente clavando clavos y más me dolía la cabeza como si me estuvieran clavando clavos, así que tuve que meterme en casa y echarme. Y cuando me acosté, empecé a temblar como una hoja mientras me corría un sudor frío por la frente y se me empezaron a ocurrir toda clase de cosas. Dios mío, cuánta falta me hacía mi madre. Iré a buscarla a la iglesia, me dije, y me levanté y me acerqué despacio a la puerta. Estaba a punto de llorar de lo malo que estaba y quería vomitar, pero no me salía. Me sentía tan débil que al bajar el monte fui apoyándome en el muro por si me caía. Dios mío, y hacía un día buenísimo. El sol quemaba pero yo estaba empapado en sudor frío y me dolían los ojos, como si alguien me hubiera metido un alfiler caliente por la parte de atrás y me estuviera desenredando las raíces. Ay, y qué dolor de cabeza.

Por suerte, la puerta del camposanto estaba abierta. Yo no la hubiera podido abrir con lo débil que estaba. Y el trayecto desde la puerta del camposanto a la de la iglesia parecía eterno, aunque en realidad no eran más que unos cuantos metros. Esperaba que mi madre estuviera sentada en nuestro banco de siempre cerca de la puerta, para poder llamarla en voz baja y pedirle que saliera por lo malo que estaba. Aunque estaba seguro de que se habría ido a un sitio nuevo, a mitad del pasillo. Dios mío, no puedo avanzar más, me dije.

Así que lo que hice fue tumbarme en la hierba, al lado del camino de piedras. Solo para descansar un ratito, pensé, antes de continuar hasta la puerta de la iglesia. Se me empezó a ocurrir de todo mientras estaba tumbado y miraba la torre de la iglesia, las piedras del muro y la pizarra del tejado. Dios mío, sí que debe de ser antigua, dije. Seguro que era bonita cuando la iglesia era nueva, antes de que el viento y la lluvia y la escarcha y la nieve y el calor del sol la ensuciaran. Como le pasó a la gallina de piedra que teníamos en casa antes de que se rompiera en pedazos, esa que tenía alrededor a todos sus polluelos, que también eran de piedra. Pero me dolía la cabeza demasiado para mirar mucho, y los ojos también me dolían.

Me llevé una sorpresa cuando me desperté y vi dónde estaba tumbado. No en la hierba, sino en la tumba de alguien que la hierba había cubierto. Había un ramo de flores blancas que se habían vuelto amarillas en un tarro de cristal con alambres oxidados que se enroscaban, y habían crecido la hierba y los hierbajos de modo que prácticamente ya no se veía el tarro. No se podía leer nada de la lápida salvo No te olvidamos, y había unos dibujos de hojas de roble. Me dolían demasiado los ojos para seguir leyendo y lo único que quería era cerrarlos. Así que los cerré y empecé a pensar en qué pasaría si me moría justo ahí en Viernes Santo.

Sería mucho mejor que tener a alguien metiéndote clavos en manos y pies, dije. Pero, Dios, la cabeza sí que la tengo como si me estuvieran clavando clavos en ella. Y después sería sensacional resucitar el Domingo de Pascua igual que Jesús, y pasearme a escondidas por el pueblo sin que nadie me viese y no contarle a nadie menos a madre y a Huw que había resucitado, hasta el Día de la Ascensión. Y luego subir al cielo como un globo desde la cima del Foel. Aunque no me gustaría marcharme y abandonar a madre y a Huw. Dios mío, qué dolor de cabeza.

Resulta que cuando me desperté fue igualito que resucitar. No tenía ni idea de dónde estaba. Pero entonces me di cuenta de que estaba en la cama del dormitorio de mi madre, calentito y muy a gusto. Y entonces entró ella en la habitación con una taza de té y un bollo de Pascua en un plato y se echó a reír con tanta fuerza que casi tira el té en la ropa de cama.

¿De qué se ríe, madre?, dije echándome a reír también.
De verte la cara cuando te has despertado, cielo. Parecía que acababas de resucitar.

Vaya, dije después de tomarme el té y engullir el bollo de Pascua, qué estupendo es despertarse sin dolor de cabeza. Es igual que resucitar.

Y por eso me acordé de repente de cuando estaba echado en la tumba del camposanto. ¿Cómo he llegado a la cama, madre?, dije.

Estabas dormido en el cementerio cuando salimos de la iglesia, cielo, así que te he traído a casa, te he desvestido y te he metido en la cama. Y no te has despertado ni una sola vez.

Dios mío, qué malo estaba.

Pero ahora ya estás bueno, ¿verdad, cielo?

Sí. ¿Quedan bollos de Pascua? ¿Qué hora es?

Solo las cinco y media, dijo ella mientras salía de la habitación para traerme otro bollo. Salté de la cama y me empecé a vestir, embargado por la dicha de la primavera. No solo me puse yo bueno, Jesús, ella también se puso mejor después de estar en la iglesia sufriendo todo el mediodía. No era la misma mujer de hacía un rato. Se reía por todo lo que yo le decía y daba vueltas por la casa, de la trascocina al salón y de ahí al desván, sin dejar de cantar. Se me podía haber olvidado perfectamente que era Viernes Santo de no haber sido por el horno lleno de bollos de Pascua. Estaba a punto de recordarle que solo era esa dichosa gente de la capilla la que cantaba el Viernes Santo, pero luego pensé que quizá era mejor que no.

Desde el salón exclamó: No te comas demasiados bollos de Pascua, tragoncete, que te pondrás malo otra vez.

No, madre, no.

Vete a dar una vuelta al monte. Te sentará bien.

Bueno, de acuerdo, dije, me puse la gorra y salí.

Y cuando llegué a la cima del monte, sentado al sol bajo la ventana de la Casa de Arriba estaba nada más y nada menos que Humphrey, el marido de Lisa de la Casa de Arriba, que acababa de volver de la mar. Al verlo, me acordé de Huw de Pen Pennog, que se paseaba por el pueblo con una cesta que se le mecía en la cabeza sin que la tocara, gritando: Arenques… frescos… recién salidos del mar. Nunca había visto antes a Humphrey porque se había ido hacía mucho tiempo. Antes de que yo naciera, dijo mi madre. Tiene que ser un hombre muy alto, me dije al mirarlo mientras pasaba, porque cuando estaba ahí sentado con las rodillas contra el pecho, las rodillas le quedaban muy arriba y se le veían todas las piernas des- nudas que se salían de los calcetines, y tenía la cara amarilla como un chino.

¿De quién eres tú?, dijo cuando pasé por delante, con una voz que me dio miedo.

Soy de esa casa de ahí abajo, dije señalándola.

Ven. Ven a sentarte para que te vea bien.

Tenía los ojos azules, exactamente iguales que los de la señora de la granja cerca del lago Negro, pero con las mejillas amarillas en vez de coloradas, además de arrugadas como papel marrón cuando lo han usado para envolver un paquete.

Cuando me senté, rebuscó en el bolsillo del chaleco y sacó una cajita que me puso en la mano.

Ábrela y dime qué oyes, dijo.

Pero cuando la abrí no había nada dentro, ni se oía nada.

¿Oyes algo?

No.

Póntela en la oreja. Y ahora, ¿oyes algo?, dijo, y parecía que sus ojos azules se estaban riendo de mí. No dije nada, solo asentí con la cabeza y escuché, y algo dentro de la caja hacía din don din don desde muy muy lejos, como si estuviera oyendo repicar el reloj de la iglesia desde la cima del Foel, solo que las campanas de la cajita tocaban una canción de verdad. Dios mío, y qué canción más bonita.

Vaya, sí que es de veras bonita, le dije a Humphrey. ¿Puedo oírla otra vez?

Primero tienes que cerrar la tapa.

¿Te gustaría quedártela?, dijo después que la escuchara otra vez.

Dios mío, pues sí.

Bueno, pues guárdatela en el bolsillo.

Vaya, dije, y me la metí en el bolsillo del abrigo.

Luego rebuscó en otro bolsillo del chaleco y sacó una cosa que parecía una navaja. Presta atención, dijo mientras sostenía la navaja en la mano derecha y apretaba el mango con el pulgar. Entonces el filo saltó del mango como una caja de sorpresas. Ahora fíjate en esto, dijo entonces Humphrey, y después de mirarme para asegurarse que estaba atento, se apuñaló en la mano izquierda con la navaja y vi que el filo se le clavaba en toda la palma de la mano.

Dios mío, se ha hecho usted daño, dije, esperando ver sangre. Pero no salía nada. Y Humphrey se desternilló de la risa por lo sorprendido que me había quedado. Porque en realidad el filo no se le había clavado en la mano. Se había vuelto a meter en el mango.

Vaya, qué gracioso es usted, dije entre risas. Y llevaba los bolsillos del abrigo y del chaleco llenos de chismes de toda clase.

Me estaba enseñando otro truco, cómo matar a seis alemanes con una caja de cerillas y seis cerillas, cuando Lisa, su esposa, lo llamó para que entrara en casa. Solo un minuto, dijo Lisa. Espérate aquí, que vuelvo enseguida, dijo Humphrey y se metió en la casa.

Me quedé sentado y saqué la cajita del bolsillo para escuchar otra vez la canción. Dios mío, esa cajita me volvía loco, y después de que Humphrey me la diera, me dediqué durante días a oír el repicar de sus campanas lejanas de vez en cuando. Las podía oír sin abrir la caja ni acercármela al oído, sobre todo en la cama por las noches, justo antes de dormirme.

En cualquier caso, me la llevé a la oreja después de que Humphrey entrara a ver qué quería Lisa, y seguía escuchándola después de que las campanas acabaran de repicar. Pero como estaba sentado debajo de la ventana abierta, también podía oír a Humphrey y Lisa hablándose en susurros. Hablaban demasiado bajo para entender lo que decían, pero mientras seguía escuchando para ver si seguían repicando las campanas, oí que Lisa decía el nombre de mi madre. No llegué a distinguir lo que le decía a Humphrey. Nada muy agradable, estoy seguro, me dije, porque mi madre y Lisa estaban peleadas. A lo mejor le estaba diciendo a Humphrey que no me regalara nada y que me mandara a casa. Y a mí me dio miedo que saliera Humphrey y me pidiera que le devolviera la cajita. Dios mío, es una pena que estén peleadas, pensé mientras apretaba fuerte la cajita en el bolsillo.

Pero Humphrey se estaba desternillando de la risa cuando salió de la casa para volver a sentarse en cuclillas, bajo la ventana. No me acuerdo muy bien de cómo mataba a los alemanes con la caja de cerillas. Abrió la caja, metió una cerilla a cada lado entre la caja y la tapa, y luego puso otra cruzada entre las dos. Entonces encendió otra cerilla en un lado de la caja y la sostuvo debajo de la que estaba cruzada, hasta que una prendió y saltó por los aires. Y la cerilla que saltó era el alemán al que había matado. Pues así es como se hace, dijo mientras me miraba riendo con esos ojos azules. Así se mata a esos condenados.

Luego Humphrey recorrió todo el monte con la mirada por si acaso alguien más que yo le podía oír. ¿Tú dices palabrotas?, dijo.

No. Solo digo Maldita sea cuando me enfado mucho.

Buen chico, dijo Humphrey, y escupió en el suelo entre las rodillas. Ni se te ocurra aprender palabrotas.

Y en vez de pedir que le devolviera la cajita en la que repicaban campanas, qué hizo sino rebuscar otra vez en el bolsillo del chaleco, sacar la navaja y dármela también.

Tiene un lado afilado, mira, para cuando hayas aprendido a abrirla y cerrarla, dijo. Te lo voy a enseñar.

Y me puso el pulgar en el mango y apretó hasta que saltó la hoja.

Pues con esto se puede tallar de todo.

Y me enseñó a cerrarla. Simplemente apoyó la punta de la hoja en el suelo e hizo fuerza. Y se metió en la empuñadura haciendo clic.

Vaya, qué bueno es usted, dije.

¿Está tu madre en casa?, dijo de repente Humphrey, después de que me guardara la navaja en el otro bolsillo del abrigo.

Sí.

¿Y en qué anda?

Estaba haciendo la cama cuando salí. He estado durmiendo toda la tarde.

A mí también me gusta echarme una siestecita, dijo Humphrey, que encendió la pipa y escupió.

No me encontraba bien, por eso he dormido. Me he puesto malo después de que mi madre se fuera a misa, así que salí a buscarla, pero me he quedado dormido en el cementerio mientras estaba tumbado esperando a que saliera. Entonces me ha visto dormido encima de una tumba, roncando como un borracho, me ha llevado a casa y me ha metido en la cama, y yo he estado todo ese rato profundamente dormido. Dios mío, qué bien huele su tabaco.

Ah, ¿eso te parece, chico?, dijo Humphrey lentamente, como si no me estuviera escuchando. Así que te ha llevado hasta casa, ¿no es eso?

Sí sí, dije mientras el humo hacía remolinos alrededor de la cara de Humphrey. Me gusta cómo huele su tabaco.

Entonces Humphrey estuvo un rato echando el humo, como el trenecito de la cantera. Luego se dio la vuelta, todavía en cuclillas, hasta quedar frente a mí.

Escucha, dijo dando unos golpes con la pipa en la pared y metiéndosela en el bolsillo del pantalón. Dile a tu madre que la invitamos a tomar el té aquí el domingo por la tarde, con Lisa, tú y yo.

No va a venir, dije apenado.

¿Por qué no iba a venir?

Es que se han peleado, y no se dirigen la palabra.

Oh, dijo Humphrey con una voz que subía y bajaba. ¿Conque esas tenemos? ¿Y por qué se han peleado?

Bueno, es que su esposa dice que mi madre iba contando chismes sobre ella, dije con las dos manos en los bolsillos agarrando fuerte la navaja y la cajita de campanas. Pero Humphrey se desternilló de risa mientras se levantaba, y yo me levanté también.

Entonces se inclinó y me dijo al oído: Es que a todas las mujeres les gusta chismorrear. Y a veces esta Lisa puede ser la peor de todas.

Dios mío, qué alto era Humphrey.

Bueno, dijo con su voz normal después de enderezarse y de que yo echara el cuello hacia atrás para poder mirarlo. Hazla venir el domingo por la tarde, y acompáñala. Y dile a tu madre, dijo mientras rebuscaba en el bolsillo y sacaba algo en la mano cerrada. Y dile a tu madre, chiquillo, que Humphrey, el marido de Lisa, le envía este regalo.

Y antes de que me diera cuenta de lo que hacía, me había puesto un billete de diez chelines en la mano.

Vaya, es usted la persona más buena del mundo, dije y bajé el monte como una centella para contárselo a mi madre.

Sí, de verdad, le repetí cuando se negó a creerme a la primera. Lisa y Humphrey quieren que vaya.

Entonces, conforme, dijo madre lentamente, iremos los dos a tomar el té el domingo. Un tanto para el bueno de Humphrey.

Tendrías que haber visto esta tarde a Lisa de la Casa de Arriba, le dijo la mujer de Ellis Evans a madre cuando se pasó por casa al volver de la tienda del puente, al día siguiente a la hora de la merienda.

Mi madre y yo acabábamos de volver del pueblo de hacer las compras del sábado, y yo llevaba nueve peniques en el bolsillo del pantalón. Todos los sábados por la tarde acompañaba a mi madre al pueblo y nunca volvía a casa con menos de nueve peniques. Ella siempre se paraba a hablar con todo el mundo en la calle o en la tienda de John Jones, donde se compraba ese potingue azul para lavar, o en la tienda de patatas tempranas de Roland Jones, o en la charcutería.

Y todo el mundo con quien hablaba decía: Hay que ver, cómo está creciendo este chiquillo, Hay que ver, ¿qué años tiene ya? o Qué barbaridad, cómo pasa el tiempo, ¿cuántos años tienes ya, chaval?

Entonces me caía al menos un penique de cada uno, y a veces hasta dieciocho en el primer sábado después de la paga mensual, cuando yo llevaba la cesta de la compra monte arriba para madre porque pesaba.

Era todo un espectáculo, amiga mía, dijo la señora Evans dándole a madre otro cachete en la rodilla.

Pero ¿qué es lo que le pasaba?, dijo mi madre.

Era todo un espectáculo, repitió la señora Evans (y yo no entendía, pero quería saber qué clase de espectáculo era), llevaba una dentadura postiza y un sombrero y unas pieles nuevecitas y se paseaba por la calle como si fuera suyo todo el pueblo, con Humphrey agarrado del brazo.

No me digas, contestó mi madre sorprendida. Qué curioso que no los hayamos visto, porque hemos pasado toda la tarde en la calle. Pobre Lisa.

Pobre Lisa ¿por qué?, dijo la señora Evans. Ya verás. Se lo tiene tan creído ahora que le ha vuelto Humphrey que nos va a estar mirando a las demás por encima del hombro.

Entonces tendríais que haber visto los ojos de la señora Evans abiertos de par en par cuando dije: Mi madre y yo vamos a ir mañana a merendar a la Casa de Arriba.

La señora Evans miró a mi madre de una forma rara y, después de abrirlos de par en par, entrecerró los ojos de nuevo. Creía que Lisa y tú no os llevabais bien, dijo.

Pero mi madre no dijo nada, se limitó a quedarse con la vista fija en el fuego.

Humphrey de la Casa de Arriba me ha invitado, dije. Mire lo que me ha regalado.

Y saqué del aparador la cajita en la que repicaban campanas, la abrí y se la acerqué a la oreja a la esposa de Ellis Evans. ¿Oye usted las campanas que repican?, dije.

No, dijo y se levantó para irse.

Y también me ha regalado esto, dije sacando la navaja del bolsillo. Pero la esposa de Ellis Evans no quería ver ni oír nada.

Más me valdrá no chismorrear más, dijo mientras se acercaba a la puerta. Esos marineros son tremendos. Y mi marido se va a enfadar si no le pongo el té. Hasta luego, pues.

Y allá que se fue, y cuando volví después de acompañarla a la puerta, mi madre aún estaba con la vista fija en el fuego. Pero para entonces estaba desternillándose.

¿De qué se ríe, madre?, dije.

Estoy impaciente por ver a Lisa con la dentadura postiza, dijo.

6

Fui el primero en llegar a la iglesia a la mañana siguiente. Además, qué buena mañana hacía, Dios mío. Brillaba el sol en la torre del reloj y en los ángeles de piedra del camposanto, y la campana empezó a tocar mientras cruzaba yo la puerta. *Los-san-tos-querubines-con-los-sera-fines,* cantábamos a pleno pulmón. Además, era una buena mañana para cantar. Huw y yo siempre nos sentábamos al lado en el coro y las mañanas de comunión nos gustaban más que cualquier otra mañana de domingo, aunque no nos hubiéramos confirmado todavía. Nos gustaba mirar a la gente que se acercaba en una cola larga para arrodillarse ante el altar, y ver quién había venido y quién no.

Pero también teníamos que tener cuidado con lo que hacíamos en el coro porque el padre de Frank el Colmenas nos podía ver desde el órgano por el espejo que tenía al lado de la cabeza, aunque nos estuviera dando la espalda mientras tocaba. Pero se podían hacer muchas cosas por debajo de la sobrepelliz sin que nos viera el padre de Frank el Colmenas.

Solo una vez jugué con Huw a pellizcarnos por debajo de la sobrepelliz, y ni siquiera lo habría hecho esa vez si me hubiera fijado antes de empezar y hubiera visto que la madre de Huw nunca le cortaba las uñas. Hughes el Párroco acababa de empezar la oración y nosotros, atareados, jugando a pellizcarnos. Dame la mano por debajo de la sobrepelliz y te doy yo la mía debajo de la tuya, dijo Huw. Primero me pellizcas tú y luego yo a ti. Gana el que aguante más tiempo sin gritar Ay.

Ahí estábamos los dos, mirando el espejo de arriba del órgano sin hacer el menor gesto, luego inclinábamos la cabeza para rezar mientras nos pellizcábamos las manos como locos debajo de la sobrepelliz. Yo aguanté sin arrugar ni siquiera la nariz más o menos hasta la mitad de los rezos, cuando Hughes estaba hablando de los ángeles y los arcángeles y de todos los ejércitos del cielo. Y entonces se me escapó un Ay bajito y Huw se agachó haciendo como que recogía un libro de cánticos y volvió la cabeza para mirarme.

He ganado, dijo.

Cuando me miré el dorso de la mano, chorreaba sangre y le colgaba un trozo de piel. Me la tuve que envolver con un pañuelo y metérmela en el bolsillo hasta que se acabó la misa. Todavía sigue ahí la cicatriz.

Dios mío, qué bien cantan algunos esta mañana, dijo Huw ese domingo, después de que nos sentáramos tras entonar *Santo Querubín*. No había tanta gente desde hace una eternidad. ¿Sabes por qué está tan lleno?

No.

La gente quiere ver qué es lo que va a hacer Hughes el Párroco con Grace Ellen de la Zapatería después de que haya tenido ese bebé. ¿Dónde está tu madre? No está en su sitio. Comulga en la misa de ocho, luego se queda en casa a hacer la comida.

No dijimos nada más durante un rato porque el padre de Frank el Colmenas nos estaba vigilando por el espejo, y Hughes el Párroco y Hughes el Coadjutor se dirigían al altar. Después de que se fueran, nos arrodillamos para rezar. Antes de que me metiera en el coro, cuando me sentaba en nuestro sitio con madre, no nos teníamos que arrodillar, solo agachar la cabeza. Pero en el coro nos teníamos que arrodillar porque estábamos ante la vista de todos.

Me encantaba cuando llegaban las oraciones. Ceri, la hija del cura, se sentaba siempre entre las voces altas enfrente de mí, al lado del órgano, así que la podía mirar entre los dedos sin que se enterase y pensar muchas cosas sobre ella. Ceri todavía iba de luto y llevaba un velo los domingos, porque solo hacía un año que el cura había muerto. A lo mejor tampoco es demasiado mayor para ser mi novia, pensé. Dentro de diez años, yo tendré ya veinte y ella solo veintiocho. A lo mejor si se lo pido, se casa entonces conmigo.

Venid a mí los que estéis cansados y afligidos, que yo os daré reposo, nos llegó la voz de Hughes el Párroco desde el altar.

Además, todavía no tiene novio, dije. Y mira que es raro, con lo guapa que es. Estará demasiado afectada por lo del señor cura para pensar ahora en un novio. Pero cuando llegue a los veintiocho, seguro que ya se le ha pasado la pena.

Así como los ángeles y arcángeles y con todos los ejércitos del cielo alabamos y glorificamos tu santo nombre, dijimos todos juntos.

Luego Hughes el Párroco y Hughes el Coadjutor se arrodillaron ante el altar dándonos la espalda, mientras seguíamos todos de rodillas y solo rezaba Hughes el Párroco: No somos dignos de recoger las migas de tu mesa, decía mientras yo miraba a escondidas a Ceri entre los dedos y pensaba en la bolsa de mendrugos y pan con mantequilla y restos de carne que mi madre y yo nos llevábamos de la vicaría hacía una eternidad, cuando el señor cura vivía y mi madre iba allí a hacer la colada.

Ya vienen, dijo Huw después de que nos sentásemos y Hughes el Párroco acabase de rezar, y de preparar el pan y el vino. Los hombres y mujeres del coro y los chicos y chicas que se acababan de confirmar iban siempre al altar los primeros, y luego la gente empezaba a levantarse de los bancos.

¿Qué te apuestas a que Mary Ciruelas es la primera de los bancos en llegar?

¿Qué te apuestas a que el primero es John Morris el Lápidas?, dije.

Mary Ciruelas y sus dos hijas se habían levantado de su banco a la derecha del pasillo, y John Morris se acercaba desde la izquierda. Y cuando llegaron al atril iban casi empatados, pero entonces Mary Ciruelas se adelantó con una zancada de gigante y empujó con ella a sus dos chicas, por delante de John Morris.

He ganado, dijo Huw.

Las dos hijas de Mary Ciruelas acababan de confirmarse, por eso ella quería ir por delante con ambas. Y detrás de ellas y John Morris vinieron nada menos que Kate de Casas Blancas y Nell de Bella Vista. Ellas también acababan de recibir las aguas del obispo.

¿Te acuerdas del Día de la Ascensión del año pasado?, dijo Huw sin mover los labios. Estaba intentando llamar la atención de Kate y Nell, pero ellas no despegaron la vista del altar hasta que nos dejaron atrás. Huw y yo nos íbamos a confirmar la vez siguiente.

En esos momentos la gente ya avanzaba en una cola larga hacia el altar. El padre del Pequeño Will el del Policía era el siguiente en la fila, vestido con ropa de calle.

Ni te imaginarías que es policía, dijo Huw.

No, no te lo imaginarías.

La siguiente era Ann Jones la Tendera, que dejó a su hermano en el banco porque no se había confirmado antes de irse a América. Huw y yo bajamos la vista al libro de cánticos mientras se acercaba Ann Jones. Lisa de la Casa de Arriba era la próxima, llamaba mucho la atención con su ropa nueva y, al igual que Ann Jones, había dejado a Humphrey en el banco porque este no se había confirmado antes de hacerse a la mar.

Dios mío, ¿y si a Will Ellis le diera ahora un ataque?, dijo Huw cuando Will Ellis el Porteador avanzó después de Lisa de la Casa de Arriba. Pero el bueno de Will estaba de buen humor y al pasar nos hizo un guiño en secreto a Huw y a mí.

Detrás de él vino el Pequeño Harry el Zuecos, con las manos metidas en las mangas y pinta de estar riéndose solo, como si hiciera ji, ji, ji, dando pasitos pequeños, de forma que parecía que iba corriendo al altar en vez de andando.

Los siguientes eran el padre de la Pequeña Jini de Pen Cae, Owen de Gorlan, David Evans, Johnny Edwards el Carnicero, la madre del Pequeño Owen el Carbones, Jones el Policía Nuevo, con más aspecto de policía con su ropa de calle que el padre del Pequeño Will el del Policía con la suya, y la esposa de Ellis Evans y muchos otros que no conocíamos muy bien. Frank el Colmenas y Ellis Evans el Vecino y Price el Maestro habían ido en la primera tanda porque cantaban en el coro.

A esas alturas, el pasamanos frente al altar estaba ya lleno de una fila de gente que Hughes el Párroco iba recorriendo con Hughes el Coadjutor. A cada uno les iba poniendo Hughes el Coadjutor el pan en la mano, y Hughes el Párroco iba detrás de él con el cáliz del vino.

El cuerpo de Nuestro Señor Jesucristo-o-o, le decía Hughes el Coadjutor a todo el mundo. La sangre de Nuestro Señor Jesucristo-o-o, decía Hughes el Párroco detrás de él.

Huw y yo los mirábamos siempre los zapatos cuando se arrodillaban para ver quién los llevaba con agujeros. Will Ellis el Porteador y el Pequeño Harry el Zuecos llevaban siempre las suelas agujereadas, aunque fue el abrigo de piel de zorro de Lisa lo que atrajo nuestra atención esa mañana. Le veíamos sobre los hombros la cabeza del zorro, que se reía mirándonos con los ojos negros, brillantes como estrellas.

¿Crees tú que ha sido Charlie, el perro de la granja de Waun, el que ha cazado el zorro ese que lleva a las espaldas Lisa de la Casa de Arriba?, dijo Huw.

Calla la boca, bobo, dije. Su marido Humphrey se lo ha traído del otro lado del mar. Mi madre y yo vamos a ir a su casa a merendar esta tarde para que nos lo cuenten todo.

Sí, claro, dijo Huw. ¡Dios santo! Mira quién viene.

Para entonces, el final de la cola estaba a punto de alcanzar el altar y habíamos pensado que la señora Jones del Policía Nuevo, la que era criada en la vicaría cuando iba allí mi madre, iba a ser la última. Pero quién se levantó de súbito de su banco, en las filas al lado de la puerta, y se acercó de punta en blanco con la cara cubierta por un velo de lunares blancos sino Grace Ellen de la Zapatería.

¿Quién viene?, dije antes de ver quién era.

Grace Ellen de la Zapatería, dijo Huw. ¿Te acuerdas de cuando la vimos en el campo de las Ovejas con Frank el Colmenas, hace una eternidad?

Claro que sí. Cuando fuimos a coger pacanas.

Eso. Bueno, pues ha tenido un hijo y nadie sabe de quién es.

No me digas. Pero ¿por qué no?

No se lo quiere decir a nadie.

A lo mejor ni ella misma lo sabe.

A lo mejor. Siempre se subía casi todas las noches con uno u otro al campo de las Ovejas, dijo Huw.

A lo mejor el padre es Frank el Colmenas.

Cállate. Su padre nos está vigilando por el espejo.

Para entonces, Grace Ellen de la Zapatería había llegado y estaba sola de pie, esperando a que alguien se levantara después de comulgar para que le hiciera sitio junto al pasamanos del altar.

El cuerpo de Nuestro Señor Jesucristo-o-o, dijo Hughes el Coadjutor. La sangre de Nuestro Señor Jesucristo-o-o, dijo Hughes el Párroco hasta que todo el mundo se levantó de al lado del pasamanos y Grace Ellen de la Zapatería se quedó allí sola, arrodillada con la cabeza gacha. Hughes el Párroco y Hughes el Coadjutor habían vuelto al altar y nos daban la espalda mientras andaban trasteando con el pan y el vino, aunque no podíamos ver lo que hacían.

Entonces Hughes el Coadjutor se acercó y dijo: El cuerpo de Nuestro Señor Jesucristo-o-o, y le dio a Grace Ellen un trozo de pan, ella hizo un cuenco con las manos y se lo metió en la boca y luego puso la cabeza entre las manos mientras rezaba. Para entonces todos los del coro y todos los de los bancos estaban ya en sus asientos y miraban a Grace Ellen ahí tan sola, esperando a que Hughes el Párroco se diera la vuelta con el cáliz y le diera el vino.

Pero Hughes el Párroco no se dio la vuelta, sino que se quedó donde estaba, de espaldas y con la cabeza echada hacia atrás, como si estuviera mirando a los ángeles y la imagen de Jesús y su Madre en la vidriera sobre el altar.

Grace Ellen también estuvo una eternidad sin incorporarse, esperando el cáliz con la cabeza entre las manos. Al final, cuando todos tuvieron claro que Hughes el Párroco no iba a acercarle el cáliz, Grace Ellen se levantó, se dio la vuelta y echó a andar alejándose del altar, con todas las miradas de la gente del coro y de los pasillos clavadas en ella.

Pero tendríais que haber visto a Grace Ellen. No se achicó frente a nadie de la iglesia. Al pasar por delante de nosotros, tomó el velo de lunares blanco que llevaba en lo alto del sombrero, se cubrió la cara con él y se lo ató bajo la barbilla. Y en vez de volver a su asiento, lo que hizo fue simplemente avanzar por en medio del pasillo y girar a la izquierda, y allá que salió por la puerta.

Dios mío, qué vergüenza para ella, dijo Huw.

Y que lo digas, contesté. Pero tiene ella la culpa por ir al campo de las Ovejas.

Después de que se fuera, todo el mundo volvió la vista al altar. Hughes el Párroco y Hughes el Coadjutor estaban ahí dándonos la espalda, todavía trasteando con el pan y el vino, mientras seguían diciendo: El cuerpo de Nuestro Señor Jesucristo-o-o y la sangre de Nuestro Señor Jesucristo-o-o.

Mira a Hughes el Párroco mientras bebe, dijo Huw.

Y al decirlo, Hughes el Párroco empezó a beber del cáliz, echando la cabeza cada vez más hacia atrás hasta que parecía que estaba mirando el techo, con el cáliz del revés sobre la boca.

A lo mejor ya está borracho, le dije a Huw.

No, de eso nada. Es que el vino de la comunión no es igual que una cerveza en La Campana Azul. Además, cuando lo han consagrado, tiene que beberse hasta la última gota que quede.

Entonces los dos, Hughes el Párroco y Hughes el Coadjutor, siguieron arrodillados de espaldas. Padre nue-e-estro, dijo Hughes el Párroco. Padre nue-e-estro, dijimos todos juntos desde el coro y los pasillos. Y dijimos todos juntos el padrenuestro.

Cuando Hughes el Párroco se levantó y se dio la vuelta, tenía la cara tan blanca como la sobrepelliz. Y miraba hacia delante como si hubiera visto algún fantasma en la entrada, aunque allí no había nada.

Padre nuestro que estás en los cielos, repetimos con él, perdónanos nuestros pecados así como nosotros perdonamos a nuestros deudores, no nos dejes caer en la tentación mas líbranos del mal...

Pero para entonces, ya no sabía por qué parte del libro íbamos y estaba espiando a Ceri por entre los dedos mientras pensaba en la cena que estaba haciendo mi madre. Carne con patatas asadas. Casi las podía oler ya, me moría por que acabara el servicio para subir corriendo a casa monte arriba.

Que la paz del Señor sea con vosotros, dijo por fin Hughes el Párroco desde la sacristía. Amén, dijimos todos, y entonces fuera sobrepelliz y casulla, que dejamos en los bancos, y nos marchamos.

Huw, ¿vas a venir esta tarde a ayudarme a darle aire al órgano para la misa en inglés?, dije cuando llegamos a la puerta del camposanto.

Sí. Pero luego nos damos una vuelta por el campo de las Ovejas antes de la merienda.

Bueno, vale, dije y eché a correr monte arriba, a casa.

Dios mío, qué bien huele, le dije a mi madre mientras me sentaba en la silla para observar cómo servía la cena en la mesa.

¿A que no sabe quién ha venido esta mañana a la comunión?

Pues no. Seguro que mucha gente.

Sí. Estaba la iglesia llena. Lisa de la Casa de Arriba ha ido con Humphrey, pero Humphrey no ha ido a comulgar. ¿Y sabe quién más ha ido?

No.

Grace Ellen de la Zapatería.

Qué descaro. La pelandusca. La gente como ella no merece comulgar.

No ha podido.

Pero creía que habías dicho que estaba en la comunión.

Sí, pero no se la han dado.

Madre estaba sirviendo guisantes en los platos con una cuchara grande, pero se paró y me miró a los ojos.

¿Qué quieres decir con eso de que no le han dado de comulgar?

Hughes el Coadjutor le ha dado el pan pero Hughes el Párroco no le ha querido dar el vino.

No me digas. Mi madre aún me miraba como si estuviera soñando. No me digas, repitió lentamente, y siguió poniendo los guisantes en los platos.

Es una pena por ella, ¿verdad?

Pero a lo mejor el cura estaba en lo justo, dijo ella. Entonces, ¿por qué le han dado el pan y no el vino? Bueno, pues porque eso es lo que se hace. Venga, a la mesa. Seguro que estás muerto de hambre, y cambió de asunto. No pregunté nada más al respecto.

Y fue una suerte que me acompañara Huw a darle aire al órgano para la misa en inglés de esa tarde. El Pequeño Owen el Carbones me había pedido que fuera en su lugar porque él quería ir a cazar conejos con Owen de Gorlan. Ya había estado en el cuarto de darle aire al órgano una vez antes y había sido con Owen, cuando me enseñó a apretar el fuelle y a soltarlo para asegurarte de que el órgano no se quede sin aire. Owen se salía siempre de ese cuarto cuando llegaba el momento del sermón y se sentaba en el asiento de debajo del púlpito con la cabeza apoyada en la mano, escuchando. Tú quédate dentro durante el sermón por si la gente te ve, me dijo Owen esa vez.

Y yo le dije a Huw lo mismo aquella tarde. La misa en inglés era una cosa de lo más triste. Solo iban unas doce personas más o menos. El señor Vincent el del Banco y su esposa y su hijito, Cyril, al que le estaban dejando el pelo con rizos largos de chica. No entendían el galés, por eso iban. Y como ellos iban, pues la señora de Ellis el Colmenas y la mujer de David Evans de Vista Snowdon y uno o dos más iban también, no porque no supieran hablar galés.

Era Hughes el Coadjutor, no Hughes el Párroco, el que decía esa misa, y era aquella la primera vez que daba una misa en inglés. Y fue una suerte que Huw me viniese a ayudar, porque los fuelles del órgano pesaban tanto que estoy seguro de que yo solo no hubiera podido inflarlos y desinflarlos.

Dios mío, sí que debe de ser fuerte el Pequeño Owen el Carbones, le dije a Huw mientras le dábamos al fuelle al son del *Nunc Dimittis.*

Sí que lo es. ¿Le has visto los músculos cuando va en mangas de camisa? Es que darle al órgano es bueno para que te salgan músculos.

Sí, dije tomándole a Huw el relevo en el fuelle. Pero esa no fue la única razón por la que decía que había sido una suerte que Huw me acompañara.

Quédate en el cuarto del fuelle durante el sermón si quieres, le dije cuando Hughes el Coadjutor subió al púlpito y estaba empezando con En el nombre del Padre, del Hijo y del Espíritu Santo.

De acuerdo, dijo Huw. Sal tú.

Vale, dije, salí a sentarme en el asiento bajo el púlpito y me acomodé para escuchar, con la cabeza apoyada en la mano como el Pequeño Owen el Carbones. Hughes el Coadjutor hablaba el inglés igual de bien que el galés y, aunque hice todo lo posible por atender, estaba todavía pensando en otras cosas. Solo me acuerdo de una palabra de ese sermón, y el motivo por el que me acuerdo es que no entendí su significado. Vaciedad fue la palabra que dijo Hughes el Coadjutor, exactamente igual que si hablara en galés. Va-cie-dad, dijo lentamente.

Dios mío, sí, si que fue una suerte que me acompañara Huw. Debió de ser mientras Hughes el Coadjutor estaba diciendo Vaciedad cuando me dormí. Lo siguiente que recuerdo es que di un respingo en el asiento cuando el órgano empezó a tocar *Despierta, señor, mi alma con tu fuerza,* y que volví corriendo al cuarto del fuelle. Y allí estaba Huw dándole al fuelle con toda su alma y desternillándose de mí.

Pues sí que estás tú bueno, dijo.

Moi también se desternilló cuando Huw le contó lo que había pasado. Después de la iglesia, yo quería ir al campo de las Ovejas a dar una vuelta, pero no fuimos.

Pero si ahí no hay nada los domingos por la tarde, dijo Huw. Las nueces no se pueden coger todavía, y de todas formas tampoco podemos coger pacanas con nuestras mejores galas. Podemos ir a ver al pobre Moi, que está en cama.

Bueno, vale.

Hemos venido a ver a Moi, dijo Huw después de llamar a la puerta y de que nos abriera la madre de Moi con el pelo lleno de horquillas y aspecto de recién levantada.

Pasad, chiquillos, dijo. Subid a verlo a su cuarto. Os hago un té en dos minutos.

Estábamos más cómodos que la última vez que habíamos estado ahí los dos, cuando el tío Owen de Moi seguía vivo antes de ahorcarse, pero al subir la escalera Huw me dio un codazo.

Mira quién está ahí, dijo.

Y ahí estaba el tío Owen de Moi en una orla negra mirándonos desde la pared, con la cara igual que la de un ángel.

Me quedé pasmado cuando vi a Moi en la cama, pero no se me notó.

Hola, ¿cómo está el Moi?, dijo Huw.

¿Qué tal va eso?, dije.

Hola, chicos, dijo Moi incorporándose. En realidad estoy bien, pero mi madre no me deja levantarme. Dice que a lo mejor puedo mañana, después de que venga el médico, pero también dijo lo mismo la vez pasada.

Eso te pasa por irte a pescar salmones con el Pequeño Owen el Carbones, dijo Huw entre risas. ¿Sabes de dónde venimos?

No. Pero ojalá hubiera estado yo también.

En la iglesia dándole el aire al órgano en vez del Pequeño Owen el Carbones, porque él se ha ido a cazar conejos con Owen de Gorlan.

Es un fuellista buenísimo, dijo Huw y empezó a contarle que me había quedado dormido. El bueno de Moi no podía más de la risa.

Pero aunque nos estuviéramos riendo con él, yo no podía por nada del mundo apartar la mirada de la cara de Moi. Menudos ojos. Brillaban exactamente igual que los del zorro aquel que habíamos visto en la comunión, sobre los hombros de Lisa de la Casa de Arriba, y tenía la cara toda blanca, como la de Hughes el Párroco después de que se negara a darle el vino a Grace Ellen de la Zapatería, solo que Moi tenía dos manchas rojas, una en cada mejilla. Entonces, de repente, mientras estaba desternillándose, empezó a toser como no se ha visto.

Dame la palangana de debajo de la cama, Huw, dijo Moi entre toses. Conque Huw metió la mano bajo la cama y sacó la palangana.

Sujétala para que pueda escupir dentro, dijo Moi cuando recuperó el aliento.

Dios santo, pero si escupes sangre, dijo Huw, y los tres dejamos de reír, y Huw y yo miramos la sangre de la palangana.

Pero si no es nada, dijo Moi cuando paró de escupir y toser y Huw devolvió la palangana debajo de la cama. Siempre escupo sangre cuando atrapo un resfriado. ¿A que no sabéis quién va a venir a vivir en La Campana Azul, chicos?

¿Quién?

¿El primo de Johnny el Barriles de Cerveza?, dijo Huw.

Sí, pero ¿tú cómo lo sabías?, dijo Moi.

Me lo he imaginado. Le he oído a Johnny el Barriles de Cerveza decir que su primo es del sur y chulearse de que es boxeador y que podría darle una paliza a cualquiera del pueblo.

¿Y tú cómo lo sabes? Si no has salido.

Me lo ha dicho mi madre.

Entonces gritó la madre de Moi desde abajo: Bajad ya, chicos, y tomad un té.

Os podéis ir, chavales, dijo Moi. Os veo mañana en clase.

Así que bajamos a tomarnos un té con la madre de Moi.

Hemos estado en la iglesia, le conté. Para darle al fuelle del órgano en la misa en inglés en lugar del Pequeño Owen el Carbones.

Sí, sois unos chicos formales, dijo. Ya podrá ir Moi con vosotros a misa todos los domingos cuando se ponga bueno.

Se pondrá bueno, ¿no?

¿Se va a levantar mañana?, preguntó Huw.

Aún no lo sé, hasta que no venga el médico.

No dijimos nada de que Moi había escupido sangre.

¿Usted ha ido hoy a la capilla?, dije.

No. No he ido desde que se nos fue el pobre tío Owen.

Debería haber venido esta mañana, dijo Huw. Dios mío, qué pena me ha dado.

¿Quién te ha dado pena?

Grace Ellen de la Zapatería. Hughes el Párroco se ha negado a darle de comulgar.

¿Es eso cierto? Qué viejo miserable. Él y su Iglesia. No, no puede ir, ahora que lo pienso, Moi no puede ir con vosotros a la iglesia cuando se ponga bueno. No mientras ese viejo demonio de Hughes el Párroco siga ahí. Pobre Grace. Diantre, sí que es condenado el viejo.

Cuando nos fuimos, la madre de Moi seguía echando pestes de Hughes el Párroco.

Dios santo, casi se me olvida, le dije a Huw después de salir. Mi madre y yo vamos a ir a merendar donde Lisa de la Casa de Arriba. Tengo que salir disparado. Hasta luego.

Dios mío, hacía un tiempo maravilloso cuando mi madre se puso su mejor sombrero y subimos a la Casa de Arriba. Y tendríais que haberlas visto, a Lisa y a ella, cuando abrió Lisa la puerta. Se pusieron a abrazarse, llorando y riendo al mismo tiempo, con Humphrey de pie detrás de Lisa poniéndome toda clase de caras, guiñando un ojo y sacando la lengua y torciéndose la nariz con el dedo y el pulgar hasta que yo acabé desternillado de la risa.

Dios mío, fue estupendo oír las historias maravillosas que contó Humphrey en la mesa de la merienda, mientras Lisa se reía de todo lo que decía y se ufanaba de su dentadura postiza. Y mi madre también se reía. La puerta estaba abierta de par en par y el sol entraba a raudales. Y había tantas cosas para comer que me dio pena que ya hubiésemos tomado la comida del domingo en casa. Después casi me dormí en la iglesia esa noche dominical, por todo lo que había comido.

7

El primo de Johnny el Barriles de Cerveza también se llamaba Johnny, así que para saber de cuál estábamos hablando, cuando vino a vivir en La Campana Azul llamábamos al primo Johnny del Sur. Y siempre que alguien del sur venía al pueblo, todos lo miraban por la calle como si le salieran cuernos de la cabeza, y también se reían de cómo hablaba porque su galés del sur de Gales daba risa.

Dios mío, qué raro hablan los del sur, ¿verdad?, dijo Moi cuando fuimos a verlo al día siguiente. Acércame otra vez la palangana.

Ahí seguía el pobre Moi, aún en la cama y aún escupiendo sangre.

Y esa fue la última vez que vimos al pobre de Moi. El domingo siguiente por la noche, Huw se pasó por casa con la cara blanca como la cal.

¿Se han enterado?, dijo desde la puerta, sin entrar.

¿De qué?, dijo mi madre.

Pero entra, Huw, dije. ¿Qué es lo que pasa?

Se ha muerto Moi, dijo por lo bajo.

¿Moi? No, Huw, no cuentes mentiras.

Pero supe por su cara que Huw estaba diciendo la verdad. Sentí la necesidad de decir algo, igual que hacía una eternidad, cuando silbaba al pasar por el camino del Correo después de que se pusiera oscuro, haciendo como que no me daban miedo los hombres del saco.

Pero si nosotros estuvimos charlando con él la noche del lunes, dije como si aún no lo creyera.

No hacía más que escupir sangre esa noche, dijo Huw.

Esa dichosa tuberculosis, dijo mi madre. No distingue de edades.

Entonces me puse a llorar como un crío. No podía parar por nada del mundo, aunque lo intenté por todos los medios porque me daba vergüenza que Huw y mi madre me estuvieran viendo.

Moi y él eran muy amigos, le dijo Huw a mi madre. Pero Huw solo estaba disculpando mis lloros, eso desde luego, porque él era igual de amigo de Moi que yo. A Huw nunca se le veía llorar como lo hice yo.

Pero él también lloró en el funeral, aunque ahí nadie lo vio menos yo. Solo le cayó una única lagrimita por la cara, y yo ni siquiera lo habría advertido si no se hubiera secado el ojo con la manga de la sobrepelliz, mientras los dos estábamos en el coro al lado de la tumba, cantando:

Ya vuelven mis amigos a su seno.

Ya se van yendo, uno a uno,

dejándome atrás, huérfano,
como un peregrino errante.

Eso fue lo que cantamos en el funeral de Griffith Evans de Braich, en el del señor cura y en todos los demás, aunque en ellos lo hacíamos solo por los dos peniques que nos iban a dar. Fue distinto en el funeral de Moi, porque era nuestro amigo y las palabras eran sinceras. Yo no veía nada cuando Hughes el Párroco echó un puñado de tierra sobre el ataúd de Moi, después de que lo bajaran a la tumba con una cuerda, porque tenía los ojos como dos ventanas después de que haya llovido.

Ay, si hubierais visto a la madre de Moi después de que Hughes el Párroco echara la tierra sobre el ataúd. Huw y yo creíamos que se iba a volver loca. Estaba encorvada al otro lado de la tumba, agarrada por dos hombres, uno en cada brazo. Y cuando echaron la tierra, dio un grito horrible, igual que cuando el tío Owen de Moi le iba a clavar el cuchillo en el cuello hacía una eternidad, y cayó hacia delante. Y se habría caído dentro de la tumba, sobre el ataúd de Moi, si los dos hombres no la hubieran agarrado con fuerza.

Dios mío, y pensar que el pobre Moi está dentro de ese ataúd, con toda esa tierra encima, dijo Huw cuando fuimos a visitar la tumba al domingo siguiente por la mañana, después del servicio religioso.

Y eso que estaba en la cama hablando y riéndose el lunes de la semana pasada, dije. ¿Tú te crees eso que dice Hughes el Párroco de la resurrección?

Pues no sé, chaval. Pero Hughes el Párroco no miente, al ser párroco y todo eso.

Hace cosas peores que contar mentiras, Huw. Seguro que el señor cura nunca se habría negado a darle el vino de comulgar a Grace Ellen de la Zapatería como Hughes el Párroco.

Dios mío, qué raro eres, dijo Huw.

Pero a mí no se me iba de la cabeza la idea de que Moi estaba ahí enterrado.

¿Cree usted que Moi resucitará como dice Hughes el Párroco?, le dije esa noche a mi madre. Pero ella estaba cansada y sin humor de explicar cosas.

Vete ya a la cama, cielo, dijo, que mañana tienes que levantarte temprano. Y no te preocupes por Moi. Ahora está en un sitio mejor que tú y que yo.

Pero yo seguía viendo al pobre Moi bajo tierra cuando me fui a la cama, y también durante la noche. Entonces me puse a soñar. Estaba Moi en el sueño, tumbado en una cama en una habitación de primera en algún sitio, sonriéndome feliz, con muchos ángeles por allí volando a su alrededor.

Dios mío, este sitio es estupendo, decía al verme. Pero antes de que yo pudiera añadir nada, entre todos los ángeles agarraban su cama y empezaban a batir las alas y a hacer un ruido tremendo, como los faisanes del campo de las Ovejas. Y entonces todos los ángeles y la cama de Moi empezaban de repente a elevarse y atravesaban el techo, mientras Moi seguía sonriéndome hasta desaparecer de mi vista. Y ya no vi nada más hasta que me desperté a las seis de la mañana para ir a buscar el rebaño de Tal Cafn.

A Moi le habría hecho una ilusión tremenda ver la enorme paliza que Johnny del Sur le dio a Owen de Gorlan, detrás de La Campana Azul. Y yo ni siquiera la habría visto si no me hubiera encontrado a Robin de Gorlan cuando bajaba el Pen y Foel tras buscar el rebaño.

¿Has visto a Johnny del Sur?, dijo Robin mientras cruzábamos el campo de las Patatas después de arrancar unas cuantas para que me las llevara a casa.

Sí. Qué raro habla, ¿eh, Robin?

Ha abierto un puesto de boxeo detrás de La Campana Azul.

Vaya, no me digas.

Pues sí sí. Y todo el mundo, cualquiera, puede ir a aprender a boxear por un chelín a la semana. Yo fui la otra noche con Owen para ver cómo hacía Johnny del Sur los movimientos. Dios mío, tendrías que haberlo visto. Ese sí que es bueno, vaya si lo es.

¿De verdad?

Sí sí. Ha puesto un cuadrilátero enorme en los establos de La Campana Azul, con una valla de cuerda alrededor. Y ahí es donde van los muchachos todas las noches a aprender boxeo. Johnny del Sur los llama uno a uno y los zurra, y a veces a él también lo zurran lo suyo. En los asientos caben unos veinte chicos alrededor del cuadrilátero.

¿Le dio a Owen una paliza?

No. Espérate a que te cuente lo que pasó. Después de que viéramos un asalto entre Johnny del Sur y Frank el Colmenas, y de que Frank el Colmenas se llevara una buena paliza, Owen y yo salimos. Entonces Owen se metió en el bar y yo me fui al lado, a la freiduría. Y cuando Owen salió del bar se puso chulito. Ese cerdo del sur, dijo, le voy a dar una lección por venir aquí a pavonearse. Robin, chaval, vuelve conmigo y ya lo verás.

¿Y volviste a entrar?

Sí, y al llegar a la puerta ahí estaba Johnny del Sur en medio del cuadrilátero, con los pantalones cortos y la camiseta y los guantes de boxear puestos. Pues muy bien, dijo con su galés del sur. El martes que viene a las ocho tendremos aquí un espectáculo especial: Johnny del Sur contra quien se le quiera enfrentar, a tres asaltos. Si hay aquí alguien con una directa que pueda tumbar a Johnny del Sur, se embolsará diez chelines. Dios mío, sí que te sale bien el galés del sur, Robin.

Owen gritó desde la puerta: Tú, sureño, de acuerdo, nos vemos el próximo martes. Y todos se dieron la vuelta para mirarnos. A las ocho entonces, dijo Owen imitando la forma de hablar de Johnny del Sur.

Acepto, dijo Johnny en inglés, sonriendo de oreja a oreja. Él no estaba enfadado como Owen.

¿Este martes que viene, Robin?

Sí. Además nuestro Owen le ha pedido al Pequeño Owen el Carbones que le haga de segundo y quieren que yo los ayude. Y el segundo de Johnny del Sur va a ser Johnny el Barriles de Cerveza. Johnny del Sur quería tres asaltos, pero Owen ha insistido en que sean cuatro. Así podré darle un buen repaso, eso si no está ya tumbado de espaldas antes de que acabe el primer asalto, dijo. El Pequeño Owen el Carbones y él llevan entrenando cada noche desde entonces en el almacén, al lado de los establos en Gorlan, para asegurarse de que esté de verdad en buena forma. El Pequeño Owen el Carbones tiene un ojo morado aunque nadie puede vérselo porque está todo cubierto por el hollín del carbón.

Vaya, chaval, le dije, ya me parecía que tenía una pinta un poco extraña cuando iba esta mañana a trabajar.

Llegó el martes por la noche y los chicos habían llenado el patio de La Campana Azul mucho antes de las ocho, mientras que muchos otros tuvieron que quedarse de pie junto a la puerta o la ventana porque dentro no había sitio. Pero Robin me había guardado un sitio porque fui uno de los primeros en llegar junto a Huw, y Huw tenía un sitio a mi lado.

Cielo santo, qué calor hace aquí dentro, dijo Huw. Ni te imaginarías que es boxeador, ¿verdad?, dijo cuando Johnny del Sur saltó al cuadrilátero entre las cuerdas. Y la verdad es que no. Tenía la piel blanca y daba saltitos de puntillas en la esquina, agarrándose a las cuerdas y dándonos la espalda.

Ya, pero mírale los músculos, dije.

A los músculos de Owen de Gorlan no le llegan ni a la suela. Y mírale la piel a Owen. Está tostado, igual que un negro.

Está moreno de recoger el heno.

Y ahí estaba Owen sentado en su esquina frente a nosotros, con cara de pocos amigos y gruñendo como un perro rabioso.

Frank el Colmenas era el árbitro y, después de gritar pidiendo silencio, convocó a Owen y a Johnny del Sur y les habló en voz baja un momentito. Luego hicieron como que se daban la mano y volvieron a sus esquinas. Entonces Roli de Pant, el que ayudaba a Owen el Carbones en el trabajo, dio un golpe en el tarro grande de hojalata que usaban de campana y los dos, Johnny del Sur y Owen de Gorlan, se metieron de un salto en el centro del cuadrilátero para el primer asalto.

Durante el primer minuto, ninguno dio al otro. Los dos se quedaron dando saltitos uno enfrente del otro, mientras se les disparaba el brazo izquierdo como si quisieran hacerle cosquillas al otro en la nariz. Pero Johnny del Sur hacía su danza alrededor de Owen, y Owen lo miraba como miran los gatos a los ratones. Entonces, rápido como el rayo, el brazo derecho de Owen salió impulsado como una hoz que recorta un seto y le dio un puñetazo al lado de la oreja a Johnny del Sur, que se cayó de espaldas, con las piernas levantadas en medio del cuadrilátero.

Uno…, dos…, tres…, le gritó Frank el Colmenas al oído. Pero antes de que llegara al cuatro, Johnny del Sur ya se había puesto en pie de un salto y estaba haciendo su danza alrededor de Owen, como antes.

Cielo santo, qué buen puñetazo, dijo Huw, que estaba todo el rato levantándose y volviéndose a sentar, como alguien que se ha vuelto loco. Para entonces, todo el mundo gritaba a pleno pulmón, sobre todo los que estaban junto a la puerta y la ventana. Dale otro igual al sureño, Owen, dijo alguien. Pero fue el único mamporro decente que Owen consiguió atizarle. Aunque los brazos le daban vueltas como molinos y soltaba un golpe hacia delante, Johnny del Sur corría en círculos a su alrededor, y fuera donde fuese el puño de Owen de Gorlan, la cabeza de Johnny del Sur estaba en otra parte.

Entonces Roli de Pant le pegó un porrazo al tarro de hojalata para decir que se había acabado el primer asalto y los dos boxeadores volvieron a sus esquinas sin que ninguno de ellos estuviera ni un poco deteriorado.

Ahí tienes lo que es la ciencia, muchacho, dijo Huw cuando empezó el segundo asalto. Owen se tiró sobre Johnny del Sur como alguien que corta heno con una guadaña, pero Johnny del Sur ya había saltado hacia atrás. Y antes de que Owen tuviera tiempo de volver a plantarse sobre los pies, la mano derecha de Johnny del Sur le fue directa a mitad del estómago. Aaaaaaggg, se quejó Owen y se cayó de rodillas con las manos en el suelo como si estuviera buscando algo. Y Frank el Colmenas empezó a contar Uno, dos, tres, pero entonces Roli le pegó al tarro de hojalata para decir que se había acabado el asalto.

La piel de Owen brillaba de sudor mientras se sentaba en su esquina esperando el tercer asalto, con Little Owen el Carbones todo atareado con la toalla secándole el sudor y susurrándole. En cambio, Johnny del Sur no parecía nada cansado. Estaba de pie en su esquina, agarrado a las cuerdas y dando saltitos como al principio.

Dong, hizo el tarro de hojalata de Roli, y salieron los dos de un brinco para el tercer asalto. Esta vez Johnny del Sur era otro hombre completamente diferente. Parecía más serio y se movía más lento, como un tigre, alrededor de Owen, con ojos como los de un dragón. Pero Owen estaba saltando más rápido que antes, los puños le salían disparados y daban vueltas por la cabeza de Johnny del Sur, pero sin conseguir atizarle ningún golpe.

Mira, Owen sí que está furioso ahora, dijo Huw. ¿Le ves la mancha roja que tiene debajo del ojo derecho?

De repente, salió despedida la mano derecha de Owen y le dio a Johnny del Sur en plena cara. Y el tigre empezó a retirarse mientras Owen no le daba tregua y le metía otro buen puñetazo o dos a Johnny en la cara.

Pero, como el rayo, Johnny salió hacia un lado y le hundió la mano izquierda a Owen hasta el fondo del estómago, y entonces la mano derecha le dio a Owen en un lado de la mandíbula y Owen empezó a dar vueltas tambaleándose como un borracho, con los brazos haciendo remolinos en el aire.

Y nosotros gritábamos a pleno pulmón: A por él, Owen. Dale, Owen. Y otro, que no era amigo de Owen, gritó: Vamos, Johnny del Sur. Acaba con él.

Y Johnny del Sur efectivamente acabó con él. El brazo izquierdo de Johnny era ahora la hoz y le dio a Owen en un lado de la cabeza, tan fuerte que se le separaron los pies del suelo y aterrizó en el otro extremo del cuadrilátero.

Uno…, dos…, tres…, dijo Frank el Colmenas, pero Owen no se levantó hasta después de que llegara a ocho. Entonces se incorporó muy despacio con Johnny mirándolo como un leopardo desde el otro lado, aunque dándole suficiente tiempo para que se recompusiera. Entonces Johnny del Sur se lanzó como un rayo y con la mano izquierda le dio otro golpe a Owen en un lado de la cabeza que hizo que Owen volviera a despegarse del suelo. Pero el bueno de Owen no volvió a levantarse después de ese.

Uno…, dos…, tres…, dijo Frank el Colmenas, y tras llegar a diez se acercó a Johnny del Sur y le levantó un brazo para señalar que había ganado, y Johnny era todo sonrisas, sin mostrar para nada que había estado peleando, mientras el pobre Owen estaba quieto como un lenguado en el suelo y el Pequeño Owen el Carbones le echaba agua en la cara para intentar que volviera en sí y luego le secaba la cara con la toalla.

Hubo algunos aplausos, pero no muchos, y todos nos fuimos antes de que Owen volviera en sí, tanta vergüenza sentíamos por él. Algunos de los mayores se metieron en La Campana Azul, y Huw, yo y los otros nos fuimos al lado, a la freiduría.

Boxean bien esos muchachos del sur, dijo Roli de Pant con la boca llena de patatas y guisantes.

Ni te hubieras imaginado que pudiera darle una paliza a Owen de Gorlan, siendo como es la mitad de canijo, dijo Huw.

Los entrenan desde que son pequeños, dijo Roli. Tú y yo también sabríamos boxear si nos hubieran entrenado de pequeños como Dios manda. Dios mío, sí que están buenas las patatas fritas hoy, señorita Jones, le dijo a Ann Jones, que estaba ocupada metiendo más pescado en la manteca.

Después de eso Huw y yo subimos a dar una vuelta al puente de los Establos a ver si estaba Bob del Carro de la Leche o algún otro intentando pescar salmones. Pero al llegar al puente, allí no había nadie más que nosotros, apoyados en el puente bajo la luna, con la vista fija en el río de abajo. Y nos quedamos así durante una eternidad, apoyados en un lado del puente y mirando la corriente, escuchando el sonido del agua y del viento en las hojas, sin decirnos ni una palabra.

¿Somos nosotros los que vamos subiendo o es el río el que va bajando?, le dije al fin a Huw.

Dios mío, qué bien estar dando un paseo por el puente sin pagar, ¿no?, dijo Huw riéndose.

¿Te sabes la historia de Will Cuello de Almidón, Huw?

¿Quién? ¿El tipo ese que toca con los músicos del Ejército de Salvación?

Sí.

Pues no. ¿Qué historia?

La historia de la bola de fuego que vio.

Tú estás de broma, chaval. No he oído eso nunca. ¿Y dónde la vio?

Aquí mismo.

Pero qué dices.

Que sí. Por eso se metió en lo del Ejército de Salvación. La bola de fuego salió del río y subió por este lado del puente y le habló.

Que no.

Sí, de verdad. Y le dijo que dejara de emborracharse en La Campana Azul.

¿Quién le dijo eso?

La bola de fuego, es la verdad.

Calla la boca, bobo. Las bolas no hablan.

Ya sé que no hablan. Pero dentro de la bola había una Voz y eso fue lo que le habló.

¿Y de quién era la voz?

Pues la voz de un espíritu, de quién va a ser.

Anda ya. ¿Quién te lo ha dicho?

Me lo ha dicho mi madre. Fue en la época del Avivamiento.

¿A ti te asustan los espíritus, Huw?

Cielo santo, pues sí.

¿Qué harías si la bola de fuego saliese del agua y subiese ahora mismito?

Nada. Solo la miraría, a ver qué pasaba. Mira, la luna está ahí abajo en el río, igualita que una bola de fuego. A lo mejor fue eso lo que vio Will Cuello de Almidón cuando estaba borracho.

Ya, pero y si la bola de fuego subiese rodando al lado del puente donde estamos y luego te hablara, ¿qué es lo que harías?

Cielo santo, pues correr a casa lo más rápido posible.

Y entonces la luna se ocultó tras una nube del cielo y se puso todo negro como la pez. Mejor que nos vayamos a casa, dijo Huw, son casi las diez.

Dios mío, dije cuando llegamos al camino del Correo, estaría muy bien saber boxear como Johnny del Sur, ¿a que sí?

Y que lo digas, chaval.

A mí entonces nadie me daría miedo.

Pero si tú peleas bien, si no, no le hubieras podido dar esa paliza que le diste a Johnny el Barriles de Cerveza.

Ya, pero eso es pelear, no boxear. A mí me darían miedo muchas cosas si no supiese pelear. Pero si supiese boxear como Dios manda, nada me daría miedo nunca jamás.

Te darían miedo los fantasmas, dijo Huw riendo, porque con ellos no se puede boxear.

El camino del Correo estaba negro como la pez, igual que está ahora, y la luna se había ocultado tras una nube. Y no había ni un solo ruido, solo el de las botas de Huw y las mías que sonaban a metal sobre el camino.

Dios santo, el hombre del saco, dijo Huw de repente. Míralo, está ahí tumbado a ese lado del camino. Y echamos a correr como posesos cuando oímos una voz que decía: Volved a casa, idiotas.

Cuando llegamos a los Calabozos, Huw dejó de correr y empezó a desternillarse.

Pero ¿qué te pasa, Huw?, dije.

Y Huw seguía riéndose. Ese no era el hombre del saco, dijo al fin, era el Pequeño Owen el Carbones borracho.

Cuando llegamos al cruce de caminos, había allí muchos chicos mayores charlando. Hablaban de la paliza que Johnny del Sur le había dado a Owen de Gorlan, pero Huw y yo no nos quedamos mucho rato a escucharlos.

Hasta mañana, dijo Huw.

¿Me acompañas después de clase?, dije.

¿Adónde?

A preguntarle a Johnny del Sur si podemos aprender a boxear.

Pues claro, dijo Huw. Buenas noches.

Buenas noches.

¿De dónde vienes tan tarde?, dijo mi madre cuando llegué a casa. Con ese Huw haciendo trastadas, diría yo.

No, madre, de verdad. Hemos ido a dar una vuelta al puente de los Establos, a ver cómo los salmones daban saltos con la luz de la luna.

Acabarás siendo un cazador furtivo, ya lo verás, si vas dando vueltas por el río ese cada noche.

No hemos visto a ningún cazador furtivo por allí.

No, claro que no. Esos zascandiles son demasiado taimados para que nadie los pueda ver.

Pero ¿sabe qué, madre?, dije después de que me diera un cuenco de patatas con leche. La luna parecía igual que esa bola de fuego de la que me habló.

¿Qué bola de fuego?

La que vio Will Cuello de Almidón hace una eternidad. A lo mejor lo que vio fue la luna, madre.

Vete a la cama para que pueda seguir con la plancha.

Y a lo mejor fue el hombre de la luna el que le habló.

Vete a la cama, dijo entonces mi madre, muy seca.

La luna había salido detrás de las nubes la siguiente vez que la vi, después de desvestirme y acostarme y ponerme a mirar por la claraboya. Y el hombre ese de la luna se reía de mí y la luna era igualita que la cara de Will Ellis el Porteador.

Entonces, a gritos, le dije a mi madre desde el desván: Madre, ¿sabía papá boxear cuando era pequeño?

No hubo respuesta en mucho rato, solo el ruido que hacía la plancha arriba y abajo sobre la mesa.

Vete a dormir, que eres un trastillo, dijo al fin mi madre, y deja de hacer preguntas tontas.

Así que me fui a dormir sin hacerle más preguntas.

8

Me pregunto si será esto la Voz. O si será solo el viento que sopla por Adwy'r Nant.

Yo soy la Reina del Yr Wyddfa, la Desposada de aquel que es Hermoso.

Yazgo en el lecho de mi ascensión, anhelante por toda la eternidad, siempre plena de maternidad mientras espero la hora del alumbramiento.

Mis muslos abrazan los remolinos de niebla y mis pechos son caricias en las nubes bajas e insolentes; exploran los lugares secretos de mi desnudez, se deleitan en las maravillas de lo profundo, vuelven luego a surgir hacia su Nada en culpable júbilo.

Vos me habéis cautivado. Vos me habéis cautivado, Amado mío. Yo me someto a vuestro mandato y cada aliento que exhalo expresa una y mil veces mi anhelo por Vos.

Alzaría mis brazos suplicante a los Cielos, os imploraría a Vos, que sois Hermoso, si no fuera su suerte estar confinados al mundo y morar como criaturas de barro.

Elevaría las manos en súplica al firmamento implorándole magnanimidad, pero está escrito que solo atraparán el rocío de mi lugar de reposo.

Despertaría si así lo desease mi Amado, para embrujarlo con el deseo radiante de mis ojos, pero mis párpados no deben alzarse de su incesante letargo y contemplar su gloria, ni beber de la magnificencia de sus formas.

Caminaría por encontrarlo allá donde el viento se escalona, pero no se mueven los pies que han heredado las cadenas de la piedra.

La furia de los huracanes sobrevuela mi parálisis, saturada de una lluvia impura, mas ¿es que acaso no existe clemencia en el sol, o la piedad en los vientos de primavera?

Son mi solaz, con sus votos mezquinos, con las huecas promesas que hieren mis oídos; inundan mis fosas nasales los humores de su débil ruego.

Ella, la luna de mi día nocturno, perturba mi sueño con su risa grave, y, en su impotencia envidiosa, irradia su furia contra el fruto de mi vientre.

Regresad, vos que sois mi Hermoso, regresad y tomadme, antes de que surja el sol de su retiro, antes de que nos perturbe el balar del cordero; poseed por entero a vuestra elegida antes de que se consuma el cirio de la luna; preparadme mi júbilo vespertino.

De nuevo pues os ofreceré mi sacrificio, y mi dulce incienso ascenderá hasta las alturas donde moráis.

La luz primera alienta la negrura de mis ojos, llena de júbilo soy, pues esta tarde es la venida de mi primogénito.

No podrán mis brazos tomarlo, ni podrán mis pies instruirlo en sus primeros pasos; sin embargo, podrán mis pechos amamantarlo y sentiré en mi mejilla la calidez de su beso.

Le mostraré la libertad que reina en altas y bajas llanuras, y lo instruiré docto en las artimañas de captura de los hombres.

Sus entrañas serán germinadas con mi anhelo, y erigiré torres de esperanza dentro de la ciudad de su testa.

Llenos serán los bordes de sus ojos con los pozos secretos de mis lágrimas, y hurtaré del sol y de la luna la risa que le es debida.

Su corazón será más bello que el día aún por venir, más fuerte que el remolino será la potencia de sus entrañas.

Su pequeño saldrá de mi vientre como conquistador, y le exigiré que se dedique a la conquista del mundo.

Mis pechos tendrán la virtud de ser una luz en su senda; mi sabiduría de barro lo guiará hasta los confines de la tierra.

Reyes y príncipes se inclinarán ante su presencia, y las multitudes elevarán las voces en alabanza suya.

Tierras y reinos le pertenecerán por derecho, y grandes serán las dichas de sus palacios.

Sus enemigos se postrarán para rogarle clemencia; doncellas de rostro luminoso anhelarán sus labios.

Su nombre volará de boca en boca; sus hazañas serán pregonadas en los romances de los trovadores.

Sus conquistas serán mi júbilo. Convocaré las nubes que vuelan bajo para celebrar su día festivo.

Acaece la tarde, y los vientos de la primavera envían sus tiernas olas para acariciar mi preñado vientre.

Me susurran por oídos y nariz sus sueños minúsculos, pero no traen noticias de mi primogénito.

El sol trenza su silencio en las hebras de mis cabellos; llora un sudor de silencio sobre mi frente.

Mas el sudor del parto no acude aún a brindarme dicha; ninguna torsión de alivio alegra mis entrañas.

Tengo sed. Pero solo anhelo beber el arrepentimiento del aguacero.

Jubilosa la tierra está, pero aún no es próxima la hora de mi propio jubileo.

Los corderos avanzan por la ladera de mi vergüenza, balando están suplicantes por su derecho de primogenitura.

La música solaza las estribaciones de las nubes que vuelan bajo, mas nada remueve, tampoco esquila el cordero de mi felicidad.

¿Por cuánto tiempo? ¿Cuánto hasta que llegue mi hora señalada? ¿Por cuánto perdurará el firmamento en hurtarme el cielo azul y la verde hierba de su piedad?

¿Por cuánto sacudirán las montañas sus cimas?, ¿por cuánto reirán las laderas su desdén por la estéril?

¿Por cuánto debo errar por el yermo páramo de mi vientre?, ¿por cuánto debe el horizonte ocultarme el palmeral de mi promesa?

En vano será mi clamor por aquel que alivia, sorda es la tierra y sordos son los dioses, e insensibles los emisarios del amor de aquel que es Hermoso.

Yazgo en mi lecho de humillación, y anhelo estar a solas en el aislamiento de la noche.

Larga es la vigilia nocturna, y evadirse no puede mi soledad de la furia de la luna.

Su risa golpea mis párpados ciegos; su desdén penetra en las profundidades de mi cautiverio.

Mas no perecerá la esperanza, pues es seguro el dominio del sol, y nada puede demorar la cálida proximidad de la aurora.

¿Acaso no regresa aquel que es Hermoso, como ladrón en la noche, a servirme de consuelo? ¿No oigo acaso el mesurado sonido de sus pasos en la tierra del valle?

Vendrá, vendrá, y celosa deberá ocultarse la luna tras las nubes bajas.

Y yo, cuando regrese, saldré a acogerlo con vírgenes pechos firmes; conoceré sus labios aunque se oculte bajo la forma de mi primogénito perdido.

Su Desposada le hará de Madre, y el hijo asumirá su derecho de nacimiento.

Los fuegos lunares deberán retirarse de mis párpados pesados; la oscuridad será cubierta de oscuridad, y de esta noche que paso postrada en el lecho surgirá una luz para mi soledad.

9

Después de que Owen de Gorlan recibiera esa paliza de Johnny del Sur, todos empezaron a llamarle Abuelita Owen. Así es como le pusieron ese nombre. Cuando estaba tumbado de espaldas después de que Johnny le pegara el porrazo ese y mientras Frank el Colmenas contaba (en galés, claro), Owen no hacía intención de moverse, pero por algún motivo, después de que Frank el Colmenas contara el ocho, se pasó de improviso al inglés. Nueve, gritó (lo cual, al decirlo en inglés, suena exactamente como nain, que es abuela en galés) y pareció que Owen iba a levantarse pero se incorporó solo a medias. Y antes de que Frank pudiera llegar al diez, se derrumbó y volvió a caer de espaldas, y entonces algún gracioso hizo como que no se había dado cuenta de que Frank se había pasado al inglés cuando dijo nueve y gritó: No te molestes, Frank, que aquí no está su abuelita, y todos se partieron de la risa, hasta los amigos de Owen, que habían quedado en evidencia con la paliza que se había llevado.

Oye, que Owen no tiene abuelita, dijo Roli de Pant en la freiduría.

Pues se ha portado como una abuelita permitiendo que Johnny del Sur le diera semejante tunda, dijo otro de los chicos. Ahora se va a quedar con lo de Abuelita Owen, ya verás, me dijo Huw.

Y con Abuelita Owen se quedó.

Aunque si tantos años atrás hubierais conocido a mi abuela, que era de Pen Bryn, a mí me habríais llamado Mimado de la Abuelita.

La abuela era muy buena. Cada vez que me entra hambre, me acuerdo de ella. Dios mío, no me vendría mal ahora una buena comida. Aunque tampoco ha sido eso lo que me ha hecho ahora pensar en ella. Me acuerdo de cuando nos cruzamos en el camino del Correo justo aquí, hace una eternidad. ¿Cómo te encuentras esta noche?, me dijo como si fuera un desconocido y nunca me hubiera visto antes. Qué tiempo más malo, ¿verdad?, dijo aunque era tan bueno como el de esta noche. Se habría hecho un lío, claro, porque a esas alturas ya había pasado los noventa.

Y cuando la abuela se hacía un lío, siempre se escabullía de casa sin que nadie la viera y se encaminaba a la Casa de las Huertas de allá, a la derecha del camino del Correo, donde había nacido. Ya nadie vive allí y el techo tiene grandes agujeros por los que se ve el cielo. Pero en la época en que la abuela se hacía un lío y se acercaba por allí, había aún gente habitándola. Además, eran buena gente. Y uno de ellos le abría siempre la puerta cuando la abuela llamaba y le decía: Pase usted, Betsan Parry. Y le servían una taza de té. Luego, tras un poco de charla, la abuela volvía a casa en un periquete, de nuevo en sus cabales, y la Casa de las Huertas descansaba de ella durante uno o dos meses, hasta que volvía a hacerse líos otra vez.

Pero la abuela también era dura de pelar. Fue ella la que nos vino a cuidar cuando mi madre se puso mala. Eso sí que fue un susto. Ver la sangre que escupía Moi no fue nada comparado con el susto que me llevé ese día que llegué a casa después de la escuela y vi a mi madre sentada en la mecedora, enferma.

Era a mitad de invierno y había estado nevando toda la noche. Antes de ir al colegio por la mañana había estado atareado abriendo un sendero en la nieve desde la puerta de nuestra casa hasta la mitad del camino y luego ayudando a Ellis Evans el Vecino y a los otros a abrir un sendero monte abajo, antes de que se fueran a trabajar en la cantera. La nieve llegaba hasta más alto que la ventana del salón, así que al despertarme pensé que estábamos enterrados vivos. Después de que abriéramos el sendero monte abajo, quedaron dos muros altos de nieve a cada lado y ni Ellis Evans ni Humphrey de la Casa de Arriba podían ver por encima, conque menos yo.

A la hora ir a clase, el monte parecía una hoja de cristal entre dos muros altos de nieve. Ten cuidado de no caerte cuando bajes la cuesta, cielo, me dijo mi madre.

No me voy a caer, dije al salir por la puerta. Pero antes de llegar a la mitad del camino ya estaba yo con los pies por los aires y la cabeza en el suelo. Me sentía como un cachorro que intenta ponerse a andar por primera vez. Por suerte, mi madre había cerrado la puerta y no me vio darme el castañazo.

Después de eso me quedé en cuclillas. Ya había aprendido a deslizarme monte abajo hacía una eternidad, de otras heladas. No había más que ponerse en medio del monte, empujar un poco, muy lentamente, y después ponerse en cuclillas, así bajabas por el monte como el trenecito de la cantera. Además, no hacían falta frenos porque el monte bajaba hasta el camino del camposanto, que era llano, y el hielo no paraba hasta llegar a la puerta del camposanto. Luego solo tenías que cruzar el camposanto hasta el camino del Correo, aquí mismo, y ya estabas en el colegio.

Dios mío, qué frío hacía ese día en clase. Hay algo que recuerdo claramente. Price el Maestro se había caído y se había roto un brazo y lo llevaba en cabestrillo. Lo que tuve en la cabeza todo el día, y a veces me hacía temblar como una hoja, era que la mano de Price sobresalía por la escayola igual que la mano de un muerto, como si no fuera suya.

Me alegré cuando sonó el timbre para que saliéramos a jugar, así me podía calentar. Estábamos jugando con bolas de nieve, claro, y hubo un accidente feo ese día en el patio. Alguien tiró una bola de nieve con una piedra dentro, le dio a Johnny el Barriles de Cerveza y le abrió un boquete en la cabeza del que le salía sangre. Pero él no lloró ni nada, muy bien por él, se limitó a meter la cabeza debajo de la bomba para lavarse lo sucio y luego Price el Maestro le dio un emplaste para que se lo pusiera en la herida.

Cuando llegó la hora de la comida tenía mucha hambre, llegaba de la casa del Pequeño Owen el Carbones un olor buenísimo a guiso de carne con verduras y me preguntaba qué nos habría hecho mi madre.

Pero cuando entré por la puerta, no estaba el mantel puesto ni nada y la casa parecía que estuviera vacía, solo que estaba mi madre sentada en la mecedora. Y cuando volvió la cabeza para mirarme, casi me da un ataque. Tenía la cara blanca como la cal con unos ojos enormes, como si estuvieran a punto de salírsele de las cuencas. Y no podía hablar, solo pasarse la lengua por los labios y mirarme como si estuviera aturdida.

¿Qué es lo que pasa, madre?, le dije casi llorando. Entonces corrí a la cocina lo más rápido posible para llevarle un vaso de agua, y al beber un poco se puso algo mejor.

La abuela, dijo con debilidad. Sube a Pen Bryn y trae a la abuela.

Salí por la puerta como un rayo y corrí sobre el hielo donde los vecinos, a decirle a Grace Evans que mi madre estaba mala.

Y Grace Evans se puso el chal directamente sin decir nada y salió para nuestra casa.

Yo voy a buscar a la abuela, dije, y subí corriendo lo más rápido que pude a Pen Bryn.

Para cuando la abuela y yo llegamos a casa, Grace Evans había metido a mi madre en la cama y hervía en el fuego agua para té y en la mesa estaba puesto el mantel.

Es el dichoso reumatismo, Betsan Parry, dijo Grace Evans. Será mejor que llamemos al doctor Pritchard.

¿Voy yo a buscarlo?, dije.

No, que ahora está bien cómoda, dijo Grace Evans. Tú mejor que te vengas a casa a cenar, y que llames al doctor Pritchard de camino al colegio.

Y eso hicimos. La abuela vivió tres meses con nosotros hasta que mi madre se puso mejor.

Dios mío, la abuela sí que era dura de pelar. Un día llegué a casa, después de ir con Huw al campo de las Ovejas, con mucha hambre.

¿Me puedo comer otro trozo de pan con mantequilla, abuela?, dije.

Igual que el Pequeño Owen el Carbones cuando fue a ayudar a recoger el heno a Gorlan y ellos estaban cenando. La señora Williams de Gorlan le preguntó a Owen, justo cuando iba a cortarle una rebanada de pan: ¿Owen, quieres una rebanada entera, tesoro?

Sí, por favor, dijo Owen, y otra más de acompañamiento. Y todos se partieron de la risa menos la señora Williams, que lo miró con cara de pocos amigos.

Pero cuando dije: ¿Me puedo comer otro trozo de pan con mantequilla, abuela?, después de comerme cuatro, uno detrás de otro, qué hizo la abuela toda enfadada sino tirarme la barra entera por encima de la mesa.

Ten, que eres un condenado glotón. Mejor coge la barra entera para estar seguro de que no te falte.

Dios mío, la abuela sí que era dura de pelar. Pero también podía ser una amable viejecita. Eso sí que era un milagro. Durante una eternidad no me pude creer las historias que nos contaba Bob del Carro de la Leche en catequesis sobre los milagros que hacía Jesús. Lo de convertir el agua en vino, resucitar a los muertos y demás, especialmente esa historia de que había dado de comer a cinco mil personas con cinco panes y dos peces. Pero después de ese martes que estuve en la reunión de comunión en la iglesia con mi madre, dejé de dudar de las historias de los milagros de Jesús que contaba Bob del Carro de la Leche en catequesis.

Fue antes de que madre se pusiera mala, un año después de que Humphrey de la Casa de Arriba volviera a hacerse a la mar, después de pelearse con su esposa Lisa y de jurar que nunca más volvería con ella.

Pero si seguro que vuelve, mujer, le dijo mi madre a Lisa cuando vino a nuestra casa a decir que Humphrey la había abandonado.

Pero ¿de qué voy a vivir?, dijo Lisa.

Al fresco con él, dijo mi madre. Te pueden dar del almacén de la parroquia si no vuelve, como a mí.

¿Cómo?, dijo Lisa. ¿Vivir yo de la parroquia? Ni hablar.

Pues vaya, si de mejores familias que la tuya o la mía han tenido que acudir a la parroquia, dijo mi madre.

Pero Lisa de la Casa de Arriba levantó la nariz y se fue con un mohín.

Qué rara es, ¿verdad, madre?

Sí, cielo. Todavía no sabe lo que es vivir de la parroquia. Pero puede que lo acabe haciendo.

En cualquier caso, era martes por la noche, y por la tarde yo había llegado del colegio muerto de hambre y mi madre había hecho patatas con leche.

No tenemos pan para tu pan con mantequilla, dijo, y al levantar la cabeza de las patatas con leche para mirarla, me di cuenta de que casi estaba a punto de echarse a llorar.

No pasa nada, madre. Dios mío, estas patatas con leche sí que están buenas.

Tampoco nos quedan patatas.

No pasa nada, madre. Ya cogeré yo algunas mañana después de ir a buscar el rebaño. De vuelta a casa, Robin de Gorlan me arrancará unas pocas para llenar un saco.

Pero ¿qué hacemos con el pan?

No se preocupe, madre. ¿Quiere que la acompañe esta noche a la reunión de comunión?

Sí, será mejor que vengas.

Y después subimos a Pen Bryn a ver a la abuela.

Entonces ya está.

Y allá que nos fuimos a la reunión, después de lavarme y peinarme tras la merienda.

Hughes el Párroco estaba en la reunión y los martes por la noche no había coro, así que me senté con mi madre en nuestro banco. Casi no había nadie en la iglesia y no se parecía en nada a un domingo.

Después de que Hughes el Párroco rezara un montón de oraciones, llegó a la que más me gustaba. Era esa que rezaba siempre por los muchachos llamados a filas y por los que se habían hecho marineros. Y a mitad de la oración decía siempre todos los nombres de los muchachos uno detrás de otro, así:

Earnest Davies, Elwyn Davies, William Evans, Herbert Francis, Robert Wheldon Griffiths, John Hughes, Arfon Jones, Idwal Jones, Hughie Lewis, Alfred Morris, Ifor Owen, Emrys Price, Robert Pritchard, Heilyn Roberts, lthel Thomas, David Williams, Edgar Williams, John Williams, Ritchie Williams…

Y después de eso, todos se quedaban dos minutos con la cabeza inclinada en silencio, y se dedicaban a toda clase de pensamientos. Se habría oído caer un alfiler.

Hoy no ha dicho el nombre de Elwyn de la calle de Arriba, madre, dije con la cabeza inclinada.

Lo mataron ayer, dijo ella muy bajito.

Y ahí estaba yo con la cabeza inclinada, acordándome de Elwyn de la calle de Arriba cuando volvió de Francia el mes anterior, y de que Huw y yo habíamos ido corriendo a recibirlo mientras subía Lôn Newydd.

Cielo santo, estás hecho un Cristo, Elwyn, le dijo Huw. ¿Dónde te has metido para llenarte así de barro la ropa y las botas?

Pues ¿qué te crees, pedazo de bobo?, dijo Elwyn. En las trincheras, dónde va a ser. Todo el día hasta las rodillas de barro, chaval, también toda la noche, sin moverme durante tres semanas.

Dios mío, qué pinta de cansado tenía. Pero a nosotros no paró de gastarnos bromas.

Mira, le dijo a Huw. Ponte esto en la cara y mira qué bien huele.

Y le dio a Huw la máscara de gas que llevaba al pecho.

Así es como se usa, dijo Elwyn, y le puso la máscara de gas en la cara a Huw, que parecía un espantapájaros.

Pero Huw solo la tuvo puesta nada más que un segundo antes de empezar a hacer todo lo posible por sacársela.

Cielo santo, que me ahogo, dijo, y empezó a escupir y a sonarse la nariz como un descosido, con los ojos que le lloraban a mares. Y el pobre Elwyn acabó por los suelos, riéndose de Huw.

Mirad, holgazanes, dijo poniéndose al lado del muro para quitarse el petate que llevaba a la espalda. Podéis subirme esto hasta la calle de Arriba.

Los dos subimos con él todo el trecho hasta la calle de Arriba, llevándole el petate por turnos, y su madre salió corriendo de la casa como una loca y lo abrazó gritando: Elwyn, cariño mío, Elwyn, cariño mío, llorando y riendo a la vez.

El pobre Elwyn de la calle de Arriba.

Pero estaba yo hablando del milagro que nos pasó a mi madre y a mí esa noche en la reunión. Debió de empezar cuando estábamos todos diciendo juntos el padrenuestro después de cantar *El Señor es mi pastor, nada me faltará.*

Padre nue-e-estro que estás en los Cielos, dijo de rodillas Hughes el Párroco.

Que estás en los Cielos, dijimos con las cabezas inclinadas. Santificado sea Tu nombre, … tificado sea Tu nombre… Venga a nosotros Tu reino, … eino… Hágase Tu voluntad así en la Tierra como en el Cielo… Cielo… El pan nuestro de cada día dánosle hoy…, pan…, hoy.

Después de decir El pan nuestro de cada día, ya no continué con los demás, sino que me puse a pensar. Me acordé de que antes de ir a la iglesia, mi madre me había dicho que no teníamos pan con que tomar pan con mantequilla, así que le pedí a Dios un poco más de pan nuestro de cada día, porque el almacén de la parroquia no nos llegaba hasta el viernes.

¿Cómo va Dios a darme una hogaza de pan?, me dije para mis adentros. Y empecé a pensar en patatas y carne y arroz con leche y cosas así, también me acordé del olor del guiso que salía de la casa del Pequeño Owen el Carbones. Y ahí estaba yo rezando por mi cuenta, sin escuchar lo que iban diciendo los demás.

Padre nuestro, dije, que estás en los Cielos, danos hoy un plato lleno de patatas y carne asada, con un cuenco grande llenito de arroz con leche y mucho pan con pasas, y bizcochos de grosella y tartas de mermelada de todas las clases, y mucho queso, y huevos con jamón y champiñones para desayunar, y un traje nuevo para el domingo de Pentecostés y mucho dinero para gastar…, pues Tuyos son el reino, el poder y la gloria por los siglos de los siglos. Amén.

A esas alturas, Hughes el Párroco iba ya por la bendición y todos estaban saludándose, listos para irse. Que la paz del Señor que desafía todo entendimiento, decía Hughes el Párroco, sea con vosotros ahora y siempre. Amén.

Amén, dijimos.

Y salimos.

Había una clara noche de luna justo como esta mientras subimos a casa de la abuela en Pen Bryn, y cuando llegamos allí, había una luz en la ventana de la cocina, porque la abuela no había bajado las persianas.

Espera un momento, que voy a ver si está dormida, dije echando a correr por delante de mi madre para echar un vistazo por la ventana. Y ahí estaba la abuela sentada en un sillón al lado del fuego con las gafas en la punta de la nariz, a punto de caerse, la Biblia de tapas duras abierta en las rodillas y las manos sobre ella, mientras se restregaba los pulgares en círculos. Creí que estaba dormida pero cuando vi que restregaba y restregaba los pulgares, me di cuenta de que solo estaba traspuesta.

Hola, abuela, somos nosotros, dije al abrir la puerta, y madre entró justo detrás de mí.

Entrad y cerrad esa puerta, dijo. Esta noche hay escarcha y no me sorprendería que mañana nevara algo. Iba a preparar ahora algo de cenar. ¿Por qué no os quedáis y coméis algo conmigo? No tardaré.

Y puso la cinta negra que llevaba la Biblia de tapas duras por donde la tenía abierta, la cerró y la dejó en la mesa redonda. Entonces, cuando la abuela se metió al fondo para traer los platos, me acerqué a la Biblia para ver qué estaba leyendo y esto fue lo que vi al abrirla por donde la cinta negra:

El Señor es mi pastor, nada me faltará.

Me sabía el salmo entero porque me lo había aprendido en catequesis con Bob del Carro de la Leche. Pero qué cosa más rara, me dije. La abuela se ha tenido que estar aquí leyendo esto al mismo tiempo que nosotros lo cantábamos en la reunión de la iglesia.

Han matado al chico de Margaret Williams de la calle de Arriba, dijo mi madre mientras la abuela ponía los platos en la mesa.

La abuela no dijo nada. Solo dio un pequeño suspiro, como hacía todo el rato sin que hubiera ninguna necesidad, y ahora encima habían matado a alguien.

Hughes el Párroco no ha dicho su nombre con todos los demás esta noche en la reunión de la iglesia, dije.

Va a ser duro para Margaret perder al chico, dijo mi madre.

¿Cuántos años tenía?, dijo la abuela.

Hizo veintidós el mes pasado, dijo mi madre.

Acabarán con todos ellos, y también con nosotros, antes de que termine esta dichosa guerra, dijo la abuela. Venid a la mesa. Esta noche no tengo mucho que poneros.

La abuela había hecho guiso de verduras y carne para cenar. A mí me gustaba el guiso de la abuela más que cualquier otro que había probado, pero no sé cómo hacía para que estuviera tan bueno porque solo se llevaba una vez por semana algún hueso que otro de la carnicería, lo sabía porque se lo llevaba yo los sábados. Pero la abuela tenía guiso toda la semana, fuera la noche que fuese.

Dios mío, qué guiso más bueno, abuela, dije.

Come hasta hartarte, chiquillo, dijo. Y luego se volvió hacia mi madre y dijo: Me alegro mucho de que os hayáis acercado esta noche porque ha pasado algo muy raro cuando he salido esta tarde de la tienda de Ann Jones.

En este sitio siempre está pasando algo raro, dijo mi madre.

La noche pasada, Humphrey de la Casa de Arriba volvió otra vez de la mar después de decirle a Lisa que no iba a volver más. ¿Y a ti qué es lo que te ha pasado?

Bueno, pues que cuando volvía de la tienda de Ann Jones con seis peniques de patatas, resulta que me he encontrado en la puerta una cesta enorme, llena con toda clase de cosas, mantequilla, azúcar, jamón, huevos, queso y dos hogazas, bajo un barreño.

No puede ser.

Sí, de veras.

¿Qué has hecho con todo?

La cesta y las cosas están ahí detrás.

Se ha tenido que equivocar el mozo de la tienda de Willy Edwards, seguro que no habrá tomado bien el recado de la casa que era. Ya verás cómo vuelve mañana a por todo.

Yo también pensaba eso. Pero al sacar las cosas para ver qué es lo que había he encontrado esto.

Se puso entonces la abuela a rebuscar en el bolsillo del delantal y sacó un papel. Mira lo que dice esto, le dijo a mi madre.

Y mi madre cogió el papel, sacó las gafas, se las puso en la nariz y leyó en alto:

Para Betsan Parry, como muestra de agradecimiento. De alguien que la quiere bien.

¿De dónde crees que habrá salido?, dijo la abuela.

Virgen santa, pues no lo sé.

Su cumpleaños no es hasta el mes que viene, abuela, dije. Conque un regalo de cumpleaños no será, vamos.

No, un regalo de cumpleaños no es.

A lo mejor un ángel ha bajado la cesta del cielo, dije acordándome de que yo había dicho un padrenuestro en la reunión de la iglesia y que le había pedido a Dios toda clase de cosas. Y puestos a pensar, casi todo lo que había pedido de comida estaba en la cesta.

A lo mejor el chico tiene razón, dijo mi madre.

Bueno, la haya traído quien la haya traído, yo diría que es un ángel, dijo la abuela. ¿Decías que Humphrey de la Casa de Arriba ha vuelto de la mar?

Dios mío, abuela, pero si el ángel ha sido él, seguro. Es muy bueno Humphrey. A madre le dio diez chelines la última vez que vino a casa, y a mí también me ha hecho muchos regalos estupendos.

Humphrey. ¿Y si fuera él?, dijo mi madre.

Pues muy requetebién por él si lo es. Humphrey siempre fue un buen muchacho. Algún día nos enteraremos, de eso seguro. Y si no ha venido como ángel enviado del cielo, seguro que ángel será cuando suba allí.

Por lo menos tiene que ser un ángel para ser capaz de vivir con Lisa.

¿Madre, se acuerda de la cajita de campanas que me regaló? Seguro que son las campanas del cielo las que suenan así, y Humphrey de la Casa de Arriba no llegó a decirme de dónde la había sacado. Así que a lo mejor también es del cielo.

Este chico cada vez dice más disparates, dijo la abuela.

Pero también tiene mucho sentido común, dijo mi madre sonriéndome de oreja a oreja. ¿Verdad, cielo?

Bueno, al menos lo intento, dije. ¿Quiere que le ayude con los platos y a fregar, abuela?

No, déjame a mí. Quiero que tu madre venga conmigo y vea la cesta. Hay demasiado para mí. Será mejor que os llevéis un poco vosotros.

Y se fueron las dos juntas y me dejaron solo para que terminara el guiso. Allí estaba yo tomándome el guiso, aún diciendo para mí Padrenuestro que estás en los Cielos, e intentando adivinar quién diablos le habría llevado la cesta a la abuela si no había sido Humphrey de la Casa de Arriba. Y si había sido Humphrey de la Casa de Arriba, dije, seguro que Humphrey es un ángel de verdad, una persona distinta de todas las demás, y seguro que alguien le cortaría las alas cuando era un ángel pequeño, antes de que creciera.

Será mejor que os lo llevéis en la cesta, dijo la abuela desde atrás.

Volvieron las dos y mi madre llevaba la cesta llena de toda clase de cosas de comer.

No puedo más que agradecértelo, y mucho, dijo mi madre.

Bueno, ni falta que hace. A vosotros os hace mucha más falta que a mí. Cerrad esa puerta al salir. Quiero leer un poquito más.

Entonces la abuela cogió la Biblia de tapas duras de la mesa redonda y se sentó en la butaca. Y ahí estaba, con las gafas sobre la nariz y concentrada en la Biblia, cuando pasamos por la ventana de camino a casa.

Dios mío, y qué buena noche hacía mientras volvíamos a casa, una noche de luna justo igual que esta, y la luna que reía de nosotros con una gran sonrisa desde las alturas.

¿Tú crees que ha sido Humphrey?, dijo mi madre cuando le cogí la cesta para llevarla monte arriba.

No, ha sido Dios. Le he pedido todo lo que hay en la cesta mientras rezaba esta noche en la reunión de la iglesia.

¿Eso hacías, cielo?

Sí, eso he hecho. Así que ha sido Dios, que ha atendido mi oración.

Sí, ya lo creo que Dios atiende las oraciones. A mí me ha atendido muchas veces.

Y cuando me metí en la cama, estaba madre cantando suavemente:

Dios presente está con su aliento
en todo lugar o remoto movimiento.

Y yo me arrodillé a un lado de la cama para decir el padrenuestro antes de dormirme. Padre nuestro que estás en los Cielos, dije. Gracias por las patatas que Tú nos has dado y por la carne asada y el pan, la mantequilla, el azúcar, el queso, el jamón, los huevos y todo lo demás.

¡Eso sí que fue un milagro!

10

Este es el campo de Robin David, este de aquí de la derecha que por el fondo llega hasta la orilla del río. Caramba, también es un milagro que esté vivo después de lo que pasó ese día, cuando bajaron los Wanderers desde Holyhead para jugarse la copa contra nuestros Celts.

Eso fue un sábado. Durante la semana solíamos saltar el muro después de la escuela y cruzar el campo para jugar a la orilla del río. El Pequeño Ivor de la calle de Arriba casi se ahoga cuando fuimos ahí un día, Huw y el Pequeño Ivor y yo, a jugar a los caballos con las riendas que Elwyn, el hermano mayor del Pequeño Ivor, nos había hecho con lana de todos los colores.

El Pequeño Ivor hacía de caballo y Huw era el arriero que llevaba las riendas y tenía un palo para pegarle al Pequeño Ivor, en vez de un látigo como Dios manda. Yo iba tras ellos tan deprisa como me llevaban las piernas justo hasta este punto, a través del campo de Robin David. Había puestas unas piedras para cruzar el río al fondo del campo, y ahí es adonde Huw estaba llevando al caballo, y el Pequeño Ivor iba cruzando el campo al galope como un loco.

Y Huw iba gritando: Arre, Poll. Ahora, a pasar deprisita las piedras y a cruzar el río.

Poll se llamaba la yegua del Pequeño Owen el Carbones. De ahí se sacó Huw el nombre.

El río se había desbordado con la lluvia y de las piedras para pasar solo se veía la superficie. Pero Huw seguía llevando al Pequeño Ivor hacia delante, azotándolo de lo lindo.

Ahora, a cruzar el río, Poll, dijo Huw mientras iba yo por detrás. Y el Pequeño Ivor pegó un brinco a la primera piedra y de ahí a la segunda y de ahí a la tercera. Cuando estaba saltando a la cuarta, justo a la mitad del río, dio un salto hacia atrás y se escurrió de cabeza al agua. Las riendas eran largas y, por detrás del Pequeño Ivor, Huw no había llegado nada más que a la primera piedra, yo estaba todavía en el campo de la orilla cuando el Pequeño Ivor se cayó al agua. Pero además las riendas eran flojas y se rompieron en cuanto se resbaló el Pequeño Ivor.

Cielo santo, y ahora qué hacemos, dijo Huw y saltó hacia atrás, de la piedra a la orilla. A Ivor la inundación se lo estaba llevando río abajo mientras yo corría por la orilla para no perderlo de vista.

Huw empezó a gritar socorro chillando a pleno pulmón.

Socorro, grité también a pleno pulmón. Y entonces vimos saltando el muro desde el camino del Correo y cruzando a la carrera el campo como una centella nada menos que a Elwyn, el hermano mayor del Pequeño Ivor.

Se ha caído Ivor al río, dijo Huw a pleno pulmón, aún corriendo como alma que lleva el diablo.

Se ha caído Ivor al río, dije igual que había dicho él.

Para entonces Elwyn ya nos había alcanzado y corría con nosotros. Y sin quitarse el abrigo ni los zapatos ni nada, se tiró directamente de cabeza al río y fue nadando hasta la mitad y agarró a Ivor por el pelo. Y en un momento ya había traído a Ivor otra vez a la orilla donde estábamos nosotros.

Por Dios, Elwyn, qué suerte que aparecieras, dijo Huw.

Y ahí estaba el Pequeño Ivor tumbado de espaldas, sin decir nada, con los ojos abiertos de par en par mirando el cielo, y Elwyn le secaba la cara. Y el Pequeño Ivor parecía conmocionado.

Chaval, ¿estás bien?, le dijo Elwyn.

Sí, dijo Ivor muy bajito.

Vosotros dos id a coger unas ramas, nos dijo Elwyn. Así haremos un fuego y nos secamos la ropa. No podemos ir así a casa, con la ropa toda chorreando.

Maldita sea, dijo Elwyn cuando llevamos las ramas y las colocamos. No se me encienden las cerillas. Están empapadas.

Yo llevo una cerilla, dije.

Y en dos minutos teníamos al lado del río una auténtica fogata. Ahí estaban Elwyn y el Pequeño Ivor dando saltos en cueros para no enfriarse, mientras Huw y yo les sosteníamos la ropa delante del fuego para secarla.

Acordaos de no contárselo a nadie, chicos, dijo Elwyn.

Dios mío, a ti te deberían poner una medalla por haber salvado así a Ivor, dije.

Cielo santo, y tanto, tanto que sí, dijo Huw.

Y recordad sobre todo no contárselo a mi madre, o me dará una paliza de reglamento, dijo el Pequeño Ivor.

A lo mejor te tendría que dar yo unos azotes por ser tan bobalicón de caerte al río, dijo Elwyn. Pero más nos vale no contárselo a nadie, chicos. Si se entera la patrona, no haréis más que preocuparla. Y yo no me llevaré tampoco más que una regañina si alguno se va de la lengua.

Dios mío, deberían ponerte una medalla, dijo Huw. Por lo menos, eso pienso yo.

Y yo, dije.

Pues Elwyn de la calle de Arriba se acabó llevando una medalla, antes de que los alemanes lo mataran. Pero no por salvar a su hermano Ivor cuando se cayó al río.

Se llevó la Medalla de Conducta Distinguida.

Ese día que fuimos corriendo a recibirlo por Lôn Newydd a su vuelta de Francia, nadie sabía que Elwyn de la calle de Arriba había ganado la Medalla de Conducta Distinguida. Fue al día siguiente, mientras Elwyn seguía exhausto durmiendo en la cama, cuando llegó el telegrama de lo de la Medalla. Fui yo el que llevé el telegrama a casa de Elwyn en la calle de Arriba. Estaba volviendo del colegio a la hora de la comida, pasando como siempre por la oficina de correos para ver si había algún telegrama que llevarle a alguien a esa hora, porque el señor Roberts de Correos te daba seis peniques por entregar un telegrama.

Lleva esto a la calle de Arriba, me dijo cuando entré en la oficina de correos.

Y al día siguiente en el colegio, Price nos dijo que el viernes no habría clase y que íbamos a ir todos a una merienda en el campo de la escuela del puente de los Establos porque Elwyn de la calle de Arriba había ganado la Medalla de Conducta Distinguida.

Dios mío, ese viernes fue un día estupendo. Hubo un desfile por toda la calle, desde el final de Lôn Newydd, que subió hasta la puerta de la iglesia, y de ahí a la escuela del puente de los Establos. Y estábamos todos con nuestras mejores galas en las aceras viéndolo pasar, y nos dieron a todos una banderita para ondearla cuando pasara el desfile.

A la cabeza iba la banda de música de Llanbabo. La banda había venido desde Llanbabo porque el primo de Elwyn tocaba el trombón con ellos. Detrás de la banda iba el coche, con el caballo de Robin David, y Robin David iba sentado al frente en el asiento del conductor, llevando el coche con un látigo tan largo como una caña de pescar.

La capota del coche iba bajada para que todos pudieran ver lo de dentro, y ahí estaba Elwyn de la calle de Arriba sentado en el coche como un aristócrata, saludándonos con la mano y la cabeza, con una sonrisa de oreja a oreja. Y su madre, la señora Williams de la calle de Arriba, iba sentada a su lado con su mejor vestido y parecía la reina cuando es la coronación. Y el Pequeño Ivor y su padre iban sentados enfrente, con aires de importancia y sin sonreír ni nada.

Pequeño Ivor, cuidado no te caigas, dijo Huw a pleno pulmón mientras todos aplaudían al paso del coche. Y todos ondeaban las banderitas. Pero el Pequeño Ivor no lo oyó. Ni tampoco nos vio, porque había demasiada gente mirándolos a los dos lados de la calle. El padre del Pequeño Will el del Policía y Jones el Policía Nuevo iban desfilando con el coche, uno a cada lado.

Detrás del coche iban los cofrades de Oddfellows desfilando de dos en dos, cada uno de ellos con una larga banda azul cruzada por los hombros y el vientre. Will Cuello de Almidón iba con ellos, y David Evans de Vista Snowdon, y Ellis Evans el Vecino, y Humphrey de la Casa de Arriba, y Bleddyn Evans de Garch, y venga y venga gente importante, porque ese día no había nadie trabajando en la cantera.

Sígueme, dijo Huw cuando la banda de música de Llanbabo empezó a tocar en la puerta del chatarrero.

Y en vez de quedarnos donde estábamos, ondeando las banderas, adelantamos corriendo al coche y empezamos a desfilar al lado de la banda. Y desfilamos con ellos hasta llegar a la escuela del puente de los Establos. Allí el coche se paró y se metieron todos en la reunión donde le iban a poner la medalla a Elwyn.

Daos prisa, dijo Huw después de la reunión, que nos vamos a perder la merienda.

Y allá que nos fuimos al campo de la escuela del puente de los Establos, donde empezamos a zamparnos con los demás todos los bizcochos y bocadillos que había. Y luego hubo otro desfile de vuelta que empezó en la escuela del puente de los Establos, justo igual que antes con Elwyn y su madre y su padre y el Pequeño Ivor en el coche, solo que ahora Elwyn llevaba la medalla puesta en el pecho. Y la banda de música de Llanbabo seguía tocando. Y nosotros nos pusimos con ellos y desfilamos camino abajo hasta el final de Lôn Newydd.

Dios, ese día fue estupendo.

También vino el circo al campo de Robin David, y el espectáculo de fieras. Uf, la verdad es que fue un milagro que el Pequeño Owen el Carbones siguiera con vida después de lo que pasó con el elefante. El Pequeño Owen el Carbones siempre fue un pícaro con malas intenciones, incluso cuando no había bebido. Nosotros lo vimos una vez pegando a la yegua Poll en Allt Bryn, hasta que casi se viene abajo entre dos postes. Y nos enfadamos tanto con él que lo queríamos matar a pedradas. Pero nos daba demasiado miedo.

En esa ocasión estábamos ahí mirando al elefante detrás de la valla, en el espectáculo de fieras. Éramos toda una fila que se reía cuando el elefante sacaba la trompa por los barrotes para coger nueces, trozos de manzana y las cosas que le dábamos, y luego se las metía en la boca.

Atentos a esto, chicos, dijo el Pequeño Owen el Carbones, rebuscó en el bolsillo y sacó una caja de cerillas. Y cuando el elefante sacó la trompa por los barrotes, cerca del Pequeño Owen el Carbones, este le dio la caja de cerillas. El elefante se las llevó a la boca como si fueran nueces o manzanas, y cuando se las metió en la boca con la trompa, vimos que le empezaba a salir humo. No le debió de quemar, porque no se enfureció ni nada, solo miró con sus ojitos a Owen el Carbones. Y estábamos todos deseando que agarrara a Owen por la cintura, lo arrastrara contra los barrotes y lo tirara lejos, donde no lo viéramos más.

Para ser justos con Moi, lo suyo con los monos no fue lo mismo. A Huw, a Moi y a mí nos habían dejado entrar sin pagar por haber llevado esa mañana el agua de los leones al señor del espectáculo. Eso fue un año antes de que se muriese Moi.

¿Cómo podremos entrar esta noche al espectáculo?, dijo Huw.

Pues está claro, saltando la valla cuando no nos vean, dijo Moi.

No hace ninguna falta que saltemos la valla, dije. El señor del espectáculo ha dicho que si le llevamos agua del río, entramos sin pagar.

Moi había ido adonde el doctor Pritchard por la tarde al volver de clase, a recogerle una medicina a su madre y una caja de píldoras para su tío Owen. Pero antes de volver a casa nos fuimos al espectáculo. Y cuando fuimos a ver los monos, no teníamos ni nueces ni nada que darles.

A ver si les gusta esto, dijo Moi y rebuscó la caja de píldoras en el bolsillo.

Lanzó una, uno de los monos cazó la píldora y se la metió en la boca con las manos. Ahí se quedó el mono mascando la píldora y mirándonos fijamente, más contento que unas pascuas.

Le ha gustado, dijo Moi, y le tiró otra. Uno de los monos la agarró y se la empezó a comer como el otro.

Después de eso Moi se puso a lanzarles a los monos una píldora tras otra, hasta que se le acabaron y la caja se quedó vacía.

Dios santo, y ahora qué hago, dijo. Qué me va a decir el tío Owen cuando llegue a casa.

Di que se te han perdido, dijo Huw.

O di que no te las han dado, dije yo.

Cuando la gente llegó esa noche al espectáculo, de los monos no había ni rastro. Y el señor del espectáculo se puso delante de todos diciéndole a la gente que no iban a poder ver a los monos porque se habían puesto todos malos.

Dios santo, menuda paliza me dio anoche el tío Owen, nos dijo Moi a la mañana siguiente en clase.

¿Y por qué? ¿Por perder la caja de píldoras?, dijo Huw.

¿O por decir que el doctor Pritchard no te las dio?, dije yo.

Sí, dijo Moi. El tío Owen vio en la calle al doctor Pritchard y él le dijo que me las había dado. Pero ¿sabéis lo que eran, chicos?

No, dijo Huw.

Ni yo.

Eran píldoras laxantes. Lleva tres días sin hacer de vientre.

Pero quería yo hablar del día aquel en que los Wanderers vinieron de Holyhead para jugarse la copa contra nuestros Celts en el campo de Robin David. Había estado lloviendo todo el viernes y ese sábado por la mañana, pero ya hacía bueno por la tarde, antes de que empezara el partido.

Estábamos sentados encima del muro al otro lado del camino del Correo mirando a la gente que llegaba al campo, Huw y Moi y yo. Ahí estaban todos en una larga cola que casi llegaba hasta la puerta de la iglesia, avanzando muy poco a poco, uno tras otro, tras pagar los seis peniques de la entrada. Los niños como nosotros podíamos pasar por tres peniques. El padre del Pequeño Will el del Policía y Jones el Policía Nuevo estaban al lado de la puerta, vigilando a la gente.

Caramba, lleva todas las de ser un buen partido, dijo Huw. Me gustaría ver a Will de Cae Terfyn dándoles cien vueltas a los muchachos de los Wanderers. Pero solo tengo tres peniques, y esta noche, de vuelta a casa, quiero comprarme caramelos para mañana y llevarme unas patatas de la tienda de Ann Jones.

Yo también llevo tres peniques, dijo Moi. Podemos saltar la valla cuando haya entrado la gente.

Yo solo llevo un penique, dije. Si en vez de venir, me hubiera ido con mi madre a hacer las compras, tendría dinero suficiente para pagar por todos.

Ahí estábamos pensando en cómo se podría entrar sin pagar cuando miré la puerta al otro lado del camino, donde estaban el padre del Pequeño Will el del Policía y Jones el Policía Nuevo.

Chicos, mirad, que nos observa Jones el Policía Nuevo.

Bajad del muro, dijo el policía. Y lo hicimos inmediatamente, de un salto.

Subamos al camino del Correo, dijo Huw.

Eso, el fondo al final del campo es el mejor sitio para saltar el muro, dijo Moi.

Yo me quiero quedar aquí un rato a mirar a la gente entrar, dije. Os sigo en un momento.

Ahí estaba yo con las manos en los bolsillos, jugueteando con el penique que llevaba, cuando un señor de la fila de gente que esperaba para entrar me saludó con la mano y me llamó a gritos. Miré hacia atrás pensando que estaba saludando y llamando a otro, pero no había nadie detrás.

Oye, ven, dijo el hombre que saludaba con la mano, y yo me acerqué a él. Y quién resultó ser sino Bleddyn Evans de Garth, el primo de Ellis Evans el Vecino, que a veces subía el monte a hacer una visita a Ellis y Grace, y que entraba a nuestra casa a tomar un té cuando los vecinos no estaban. Trabajaba en la cantera.

Tú eres el chico de la casa de al lado de Ellis Evans, ¿verdad?, dijo.

Sí.

¿Y vas a ver a los Celts ganar la copa?

No, no creo.

Pues claro que sí. Ten, toma esto. Tú entra conmigo. Se llevó la mano al bolsillo y me puso tres peniques en la mano.

Vaya. Muchísimas gracias, dije.

¿Cómo anda tu madre?

Bien, gracias. Tenía que haber ido esta tarde de compras con ella. Pero yo quería ver a toda la gente que entraba en el campo. Por eso he venido con Huw y Moi.

Ah, ¿y adónde se han ido ellos?

Han subido a dar un paseo al camino del Correo.

¿Y quieren ellos entrar?

Sí, eso creo.

¿Quién crees tú que va a ganar hoy?

Los Celts, claro.

Deberías llevar una cinta verde como yo para decir con qué equipo vas. Mira, corto esta por la mitad y así la otra es para ti.

Vaya, muchas gracias.

Entonces Bleddyn Evans se quitó la cinta del pecho y rebuscó en el bolsillo una navaja, la cortó por la mitad y me dio una parte para mí.

¿Llevas un alfiler?

No.

Aquí tienes, toma este.

Vaya, gracias otra vez.

Al cruzar la puerta del campo con Bleddyn Evans de Garth, iba hecho un pincel con la cinta verde al pecho. Cuando los muchachos de los Celts salieron al campo, grité Aúpa los Celts más fuerte que nadie.

Quiero ir allá, a buscar un sitio donde se vea mejor, le dije a Bleddyn Evans.

Bueno, ve tú si quieres. Yo estoy bien aquí.

Y fui avanzando muy despacio por toda la banda para hacerme un hueco entre los señores que la formaban, a ver si encontraba un buen sitio para ver, y gritar Aúpa los Celts.

Por amor de Dios, mira quién esta aquí, dijo alguien cuando ya casi había llegado a la línea de la portería de los Celts. Y quiénes resultó que estaban allí sino Huw y Moi con pinta de avergonzados, como dos perros que vienen de matar ovejas.

¿Cómo diantre has entrado en el campo? Decías que solo llevabas un penique, dijo Moi.

Oye, ¿y vosotros cómo habéis entrado también?

Pues saltando el muro por allá, cómo va a ser, mientras el padre del Pequeño Will el del Policía y Jones el Policía Nuevo estaban en el otro extremo.

Oye, estás fenomenal con esa cinta verde, dijo Huw.

Me la ha dado Bleddyn Evans de Garth, el primo de Ellis Evans el Vecino. Ha cortado la que tenía por la mitad con una navaja y me ha dado un trozo.

Ya, pero ¿cómo has entrado en el campo?

Bleddyn Evans me ha dado los tres peniques para que entrara con él. Está por allá abajo, al fondo del todo. Yo he subido hasta aquí para ver mejor.

Aúpa los Celts, dijo Huw a pleno pulmón cuando el balón se metió en el área de los Celts y Will Roberts el Portero saltó hacia él y lo mandó al centro del campo de una patada.

Chicos, una cosa, dije, deberíais llevar un trocito de la cinta verde para decir con qué equipo vais.

Así que me quité la cinta y la corté en tres trozos, le di uno a cada uno y me quedé yo con el otro.

¿Llevas un alfiler?, dijo Huw.

Aquí tienes, dijo Moi. Ahora todos pensarán que hemos pagado la entrada.

Podemos dar la vuelta por ese lado, al lado del río, dijo Moi. Hay menos gente y allá habrá más espacio, además viene hacia acá Jones el Policía Nuevo.

Dios mío, ese Will de Cae Terfyn sí que regatea bien, dijo Huw después de encontrar un sitio a mitad de la línea de banda, en el lado del campo que daba al río.

Y también tendríais que haber visto a Will de Cae Terfyn darles cien vueltas a los muchachos de los Wanderers. Le llegara de donde le llegara un pase, del flanco izquierdo o del flanco derecho, Will corría por todo el campo con el balón como si lo tuviera atado a los pies con una goma elástica. Entonces, al acercarse a alguno de los muchachos de los Wanderers, se paraba en seco y el balón se paraba delante de él y se ponía a hacer un bailecito alrededor del balón, con el chico de los Wanderers mirándolo como el gato al ratón. Y antes de que supiera dónde se había metido, Will de Cae Terfyn le había pasado el balón por entre las piernas con el empeine y lo había rodeado, y dejaba al chico de los Wanderers con el trasero en el barro. Y sin parar ni un instante, ya estaba pasando entre todos los demás igual que un cuchillo cortando mantequilla, hasta que llegaba a la portería de los Wanderers.

Dicen que el Everton y el Aston Villa han intentado llevarse a Will de Cae Terfyn, dijo Huw mientras Will se abría paso serpenteando hasta la portería de los Wanderers.

Ya, pero seguro que no se lo llevan, dijo Moi. Prefiere quedarse con los Celts.

¡Gol!, gritamos los tres a pleno pulmón cuando marcó Will el primer gol. Will había chutado el balón a la red, y ahí estaba en el barro, bocabajo, el portero de los Wanderers, con los pies por los aires, los brazos hacia fuera como si estuviera intentando alcanzar hasta el camino del Correo. Y toda la gente de la banda gritaba y bailaba como lunática, todos los muchachos de los Celts iban corriendo por el campo adonde estaba Will y le meneaban la cabeza y lo abrazaban y lo despeinaban. Y el árbitro, con el silbato en la boca, volvía corriendo al centro del campo.

Ese Enano sí que es un buen árbitro, dijo Moi.

Lo llamábamos Enano porque era un hombre pequeñito y además tenía una mata de pelo negro y rizado. Cuando corría arriba y abajo entre los muchachos y se inclinaba para ver el balón, con el silbato en la boca, parecía más pequeño que el Pequeño Bob de Pen Clawdd, del que siempre nos reíamos porque era justo igual de alto que de ancho y tenía cuarenta años. Pero cuando Enano se ponía de pie, apenas le llegaba a las rodillas a Will Roberts, el portero de los Celts. Dios mío, ese sí que era alto.

Ritchie Hughes de Pen Garnedd marcó el segundo para los Celts justo antes de que acabara el primer tiempo. Ritchie y sus dos hermanos, Albert y Llywelyn, jugaban en el equipo de los Celts. Dios mío, qué bien jugaban ellos tres. Pero Ritchie era el mejor del trío. Con el pie izquierdo tenía una pegada de mulo, y ese gol que marcó Ritchie fue el mejor que había visto nunca. Iba corriendo solo con el balón por el flanco izquierdo de los Celts, justo donde estábamos nosotros, desde donde gritábamos Aúpa los Celts. Y cuando acababa de cruzar la línea de mitad del campo y nos pasó como una exhalación, lanzó. El balón voló por el aire, iba directo a la esquina más alejada de la portería de los Wanderers, justo debajo del larguero, y el portero de los Wanderers saltaba desde el otro poste con los brazos extendidos para intentar pararlo.

Se ha pasado, dijo Moi.

Y un cuerno, ha sido gol, dijo Huw.

Gol, grité a pleno pulmón, y Enano pitó, y entonces todos gritaron Gol a pleno pulmón. Luego Enano dio un pitido largo con el silbato para indicar que era el descanso.

La copa es nuestra, dijo Huw después de ir andando hasta la orilla, donde estábamos tirando piedras al río para matar el tiempo.

No estés tan seguro, dijo Moi. El campo está todo embarrado y los muchachos de los Celts están cansados. Y ahora van a jugar con el viento en contra, además de que les va a dar el sol en los ojos.

Entonces Enano tocó el silbato y volvimos a la banda.

Falta, chilló Moi en cuanto empezó otra vez el partido. Mira ese tramposo.

Uno de los muchachos de los Wanderers había embestido por detrás a Will de Cae Terfyn, lo que le había hecho deslizarse bocabajo unos cuatro metros por todo el barro. Pero Enano ni se dio por enterado ni tocó el silbato ni nada. Solo hizo un gesto con la mano para decirles a los muchachos que siguieran jugando. Pero la gente que estaba en el campo gritaba como lunática y muchos de ellos decían palabrotas y juraban y llamaban de todo a Enano. Entonces Bleddyn Evans y un grupo de personas que iban con él empezaron una bronca tremenda en esa banda con Jones el Policía Nuevo.

Y mientras pasaba todo eso, desde algún lado una vocecita gritó: ¡Gol! Y cuando miramos, ahí estaba el balón en la portería de los Celts y Will Roberts tirado en el barro. Después de eso, todos se quedaron callados mucho rato.

Dos a uno, dijo Huw. Cielo santo, espero que no metan otro gol.

Pero entre el barro y las zancadillas y los empujones, el juego se hizo cada vez menos limpio y Enano no paraba de pitar faltas. Además, era difícil decir quiénes eran los Celts de camisetas rojas y quiénes los Wanderers de camisetas amarillas, porque los muchachos iban cubiertos de barro de los pies a la cabeza, y no se les veían los colores. Y los muchachos de los Wanderers no paraban nunca de presionar hacia delante y el balón estaba siempre en el área de los Celts y Will Roberts tenía mucha presión sobre él y no paraba de apartar el balón con los puños mientras los brazos le giraban como molinos. Y el portero de los Wanderers no hacía nada más que andar arriba y abajo y frotarse las manos y las piernas para no enfriarse, porque no tenía otra cosa que hacer.

Will Roberts había dado tres puñetazos al balón para alejarlo con los dos puños juntos y todos gritaban: Así se hace, Will, y Aúpa los Celts. Y de improviso, Enano tocó el silbato y alguien gritó: ¡Gol! Ahí estaba el balón en la línea de portería de los Celts en medio del barro, y todos los muchachos rodeaban a Enano con una bronca de locos. Pero el árbitro se echó hacia delante con el silbato en la boca y se puso a correr a la línea del centro del campo con todos los muchachos detrás de él mientras seguían discutiendo, y la gente que estaba en la banda gritaba como lunática.

Esa no ha entrado, chicos, dijo Huw.

A mí tampoco me lo parece.

Ni a mí tampoco.

Pero el más furioso de todos era Will Roberts el Portero. Ahí estaba con la cara toda roja, andando arriba y abajo, dándole puñetazos al aire y señalando el balón en el barro, sobre la línea de meta, a los que estaban a su alrededor.

De improviso, Will Roberts se sentó en el barro al lado del poste y puso la cabeza entre las manos como si tuviera ganas de llorar. Luego se levantó y empezó a galopar como un loco al centro del campo, donde los otros muchachos seguían regañando con el árbitro.

Y antes de que nadie se diera cuenta de lo que pasaba, Will Roberts tenía agarrado a Enano del cogote con las dos manos y lo había levantado del suelo y se había dado la vuelta y se lo llevaba así otra vez a la portería de los Celts, mientras los pies de Enano daban patadas en el aire, igual que si montara en bicicleta.

Cuando Will Roberts y Enano llegaron a la portería, Will lo dejó en el suelo y señaló el balón en el barro de la línea y empezó otra vez a discutir con él. Pero Enano le seguía llevando la contraria. Así que Will lo agarró y le empujó la cabeza contra el suelo hasta que tuvo la nariz en el barro al lado del balón.

¿Te lo crees ahora, pedazo de imbécil retrasado?, le dijo Will.

Después de eso se armó la marimorena.

Mucha gente que estaba en la banda echó a correr al centro del campo y empezó a pelearse con los muchachos de los Wanderers; algunos corrían hacia la portería de los Celts para ver si podían agarrar a Enano y matarlo. Pero el padre del Pequeño Will el del Policía y Jones el Policía Nuevo se les habían adelantado, y estaban cada uno a un lado de Enano diciéndole a la gente que no se acercara. Yo nunca había visto a la gente tan furiosa.

Entonces el padre del Pequeño Will el del Policía llamó a los muchachos de los Celts y de los Wanderers para que se juntaran, y después de hablarles un ratito, hicieron un círculo alrededor del árbitro y empezaron a salir del campo mientras la gente se agolpaba en torno a ellos y gritaba, y algunos decían palabrotas y maldecían.

El desfile de Elwyn de la calle de Arriba estuvo bien. Pero el que hubo con Enano fue el desfile más fabuloso que he visto en mi vida.

Después, mientras pasábamos por delante de la puerta de la iglesia, con Enano a la cabeza y los dos policías, uno a cada lado, y los chicos de los Celts y los Wanderers detrás de ellos gritando y tirando pegotes de turba y barro que intentaban dar a Enano, Moi dijo: Voy a coger un pegote de césped.

No, déjalo en paz, dijo Huw.

Pero Moi se fue a buscar un pegote de césped. Y lo siguiente que vimos fue el pegote enorme de hierba llena de barro que volaba por los aires. Pero en vez de darle a Enano, cayó como una plasta sobre la oreja del padre del Pequeño Will el del Policía y le tiró el casco. El padre del Pequeño Will el del Policía se limitó a agacharse y coger el casco y volvérselo a poner en la cabeza, y seguir andando hasta que llegaron a La Campana Azul, donde los muchachos siempre se lavaban y se cambiaban. Allá dentro que se metieron junto a Enano. Y mucha gente se quedó en los aledaños de La Campana Azul riñendo durante una eternidad. Pero nadie vio salir a Enano porque lo sacaron por la puerta de atrás.

¿Has sido tú el que ha tirado el pegote de barro que ha dado al padre del Pequeño Will el del Policía?, dijo Huw de camino a casa.

No, ni hablar, dijo Moi. No he podido encontrar ningún pegote. Algunos iban diciendo que ha sido el Pequeño Will el del Policía el que lo ha tirado.

Cielo santo, pues se va a llevar una paliza cuando llegue a casa, si es que ha sido él, dijo Huw.

Dios mío, ese día fue tremendo. Ahora ya no queda nadie que juegue al fútbol en el campo de Robin David. Solo rebaños pastando.

11

Quién camina en la aurora por un jardín de flores, ningún crucificado por la mano del hombre más hermoso a nuestros ojos...

Y luego las voces subían hasta oírse en las partes más lejanas del valle:

Es mi Señor Jesucri-isto.
Es mi Señor Jesucri-isto.
Es mi Señor Jesucri-isto,

Y después bajaban mucho el volumen cuando cantaban la última estrofa:

que en la Cru-u-uz murio-o-ó.

Fue por allá, en la ladera del Braich, donde estaban todos, con el coro aquel que vino del sur a recaudar dinero, porque las minas de carbón estaban en huelga. Y habíamos subido desde la iglesia después de misa para escucharlos, y los que iban a la capilla también habían venido, y todos los que estaban paseando por el camino del Correo se habían parado a escuchar.

Fue el año después de que acabara la guerra, el miércoles anterior habían inaugurado el Monumento a los Caídos al lado de la puerta de la iglesia. Habíamos sido de los primeros en tener un Monumento a los Caídos, y eligieron el miércoles para inaugurarlo porque todas las tiendas de la calle principal cerraban los miércoles por la tarde.

Dios mío, ese sí que fue también un día poco común. Todos iban vestidos de negro y parecía que había cincuenta funerales a la vez, porque en el monumento aparecían los nombres de cincuenta muchachos y todos los nombres brillaban dorados en la piedra cuando lo destaparon.

Fue John Morris el Lápidas quien lo hizo. Dios mío, qué bien se le daba a John Morris hacer dibujos y grabar los nombres en las lápidas. También sabía hacer ángeles, que se alzaban en la parte de arriba de la lápida con sus alas, igual que si estuvieran vivos, a punto de irse volando del camposanto. Pero lo que mejor se le daba a John Morris era grabar los nombres y versículos de la Biblia y dibujos sobre pizarra.

Chicos, ¿qué os parece esto?, nos dijo a Huw, a Moi y a mí un día que fuimos al taller a ver cómo le estaba haciendo la lápida a Griffith Evans de Braich después de que se matara en la cantera.

Dios, qué bonita es, ¿eh?, dijo Huw.

Y esto es lo que había en la piedra. Una imagen de dos manos que se cogían y se estrechaban una a la otra. Y debajo de ellas:

GRUFFYDD EVANS
de
PASEO ERYRI 12, BRAICH
NO TE OLVIDAMOS
Falleció el 24 de septiembre de 1915
a los 55 años
En medio de la vida nos acecha la muerte

No le ha puesto bien el nombre, dijo Moi. Se llamaba Griffith Evans.

No, chiquillo, dijo John Morris. Nunca pongo mal el nombre de nadie. La verdad es que todos lo llamaban Griffith Evans, pero su nombre auténtico era Gruffydd Evans.

El tío Owen siempre lo llamaba Griff de Braich, dijo Moi.

Sí, él y tu tío Owen eran muy amigos.

¿Lo del final es un versículo de la Biblia?, dije.

Sí, viene de la Biblia, dijo John Morris.

El monumento fue la mejor obra de John Morris en toda su vida, y ahí estuvo en la inauguración con sus mejores galas porque le habían dado un sitio al frente con toda la gente importante.

Cantaron lo primero *Brille una luz en mi guía*. Dios mío, me entran ganas de llorar cada vez que la canto:

Brille una luz para guiarme en la oscuridad circundante.
Muéstrame el camino.
Oscura es la noche y lejos estoy de mi hogar.
Muéstrame el camino.

Entonces pienso en una lucecita igual que esa que está empezando a brillar entre las nubes en Nant Ycha.

Tanto Huw como yo llevábamos un traje nuevo para la inauguración, para los dos era la primera vez que nos ponían pantalones largos.

Moi se habría puesto hoy pantalones largos si hubiera podido vivir, dijo Huw mientras estábamos de pie detrás de la gente cantando, con el libro de cánticos entre los dos. No estábamos ya en el coro porque nos estaba empezando a cambiar la voz.

Pues es verdad, dije.

Ese día estaban todos acordándose de los muertos, sobre todo después del sermón que dio Hughes el Párroco tras la inauguración.

Este es un día triste en nuestra historia, dijo en su sermón Hughes el Párroco. Pero también es un día para estar plenos de orgullo. Es un día de alegría y tristeza. Tristeza por los seres queridos que nos han sido arrebatados, tristeza por el hogar vacío, tristeza por todos los hijos y nietos que nunca regresaron al hogar, la tristeza de la honda nostalgia que nos inunda por todos aquellos que nos han sido arrancados, en plena flor de juventud.

Y todas las mujeres habían sacado los pañuelos mientras lloraban quedamente y algunas iban también diciendo el padrenuestro, tan alto que todos lo oíamos. Y todos los hombres tenían la cabeza gacha y parecían tristes.

Ni Huw ni yo decíamos nada, solo pensábamos en el pobre Moi, que estaba en el camposanto.

Entonces continuó Hughes el Párroco, mientras el soplo del viento le despeinaba todo el pelo blanco.

Pero también de llenarnos de orgullo, dijo. Orgullo por el sacrificio de nuestros hijos, por su prestanza a ofrecer sus vidas en el altar de la libertad y a defender su país contra la violencia y la opresión.

Y no solo de orgullo, dijo Hughes el Párroco empezando a elevar la voz y casi a cantar sus palabras. No solo de orgullo, sino también de gozo. Gozo por la victoria alcanzada a través de su sacrificio, gozo por la certeza en Cristo, gracias a la cual sabemos que un día aún por venir habremos de rencontrarlos, con túnicas blancas en un cuerpo nuevo, como el Señor en su gloria al volver del sepulcro.

Para entonces casi todas las mujeres habían dejado de llorar, y todo el mundo estaba pie, cantando al unísono:

Si es que os debo entregar
el bien más preciado que me dierais,
no puedo más que expresar,
Señor, hágase Tu voluntad.

Y como había allí muchos ingleses, para acabar la ceremonia cantamos *Abide with me.*

Pero estaba hablando yo del coro del sur que estuvo cantando allá en la ladera del Braich, al siguiente domingo por la noche. Todos habían ido a hacerle otra visita al monumento y había muchas flores frescas puestas alrededor. También Huw y yo habíamos estado haciéndole una visita y leyendo las tarjetas que iban con las flores, después de dar una vuelta por el puente de los Establos, y finalmente llegamos a este punto, a escuchar el coro del sur.

Vaya, pobrecillos, a que dan mucha pena, dijo Huw.

Están en huelga, ¿no?, dije

Sí. En el sur, sus esposas e hijos se están muriendo de hambre, así que van por ahí recaudando dinero para darles de comer.

¿Dónde van a dormir?

No tienen ningún sitio donde dormir. Han llegado aquí hoy y la gente del pueblo les va a hacer sitio. Dos de ellos van a dormir esta noche en mi casa.

Dios mío, qué pena que no tengamos espacio en casa. Seguro que mi madre les dejaba quedarse en casa.

Y el coro cantaba:

> *Ved desde aquí el huerto, oíd acá sus gemidos,*
> *con sangre que corre como sudor perlado.*
> *Sus hombros antes hermosos, con crueldad heridos.*
> *Vedle por la espada de Su Padre derribado*
> *y en su lento Calvario-o-o ascender.*
> *Ni siquiera en la muerte conoció el dolor.*
> *Quién permanecerá a esto sin responder,*
> *en qué corazón no vibrará este clamor.*

Dios mío, sí que cantan bien, dijo Huw. Cantan mucho mejor que nuestro Coro de la Templanza. ¿Sabes por qué?

No, no lo sé.

Es por la hulla del carbón que se les mete en la garganta. Eso es lo que les da una voz tan buena.

Vamos, hombre.

Es verdad. Por lo menos, es lo que dice mi padre.

Pero la hulla de la cantera también se les mete en la garganta a los del Coro de la Templanza. Eso es lo que me ha dicho mi madre. Por eso algunos beben tanto, los muy zascandiles, dice ella.

Ya, pero entonces es que la hulla del carbón será mejor que la hulla de la cantera para que la gente cante bien.

Para entonces, más gente que nunca había subido hasta donde estábamos, y todos se apiñaban alrededor del coro del sur, así que Huw y yo nos quedamos atrapados en medio. Los que se habían parado a escuchar en el camino del Correo habían cruzado la valla, conque por allá la ladera del Braich se veía negra de gente. Estaba todo el pueblo allí, o si no poco faltaba. Dios mío, era además una noche preciosa, no una noche de luna como esta porque entonces era septiembre, así que el sol no se había puesto y brillaba aún en las piedras pequeñas de la ladera del Braich. Y alguien había encendido un fuego con las aulagas en la cima del Braich, que cada vez se olía más cerca al traerlo el viento.

Recordaré sobre la tierra de Edén.

Entonces cantó el coro:

Benditos sean, los perdí a todos,
no llevé la corona de la vida.
Pero en el Calvario el sacrificio
ora pone salvación, ora quita el maleficio.
Ya la misma canción por siempre entonaré.

Y todo el mundo escuchaba en silencio, como si estuviera en la iglesia o en la capilla, hasta que llegó el coro a la última estrofa:

Donde habita la fe, allí está el Crucifijo.
Donde murió el Señor del Cielo, de carne es su Hijo.
De veras expió Él mi pecado.

En el hombre hirió a Dios el dragón.
Dos yacían heridos, uno había vencido.
Su nombre era Jesús.

De pronto, David Evans y un grupo de hombres del Coro de la Templanza que estaban con él al frente, cerca del coro del sur, empezaron a cantar:

En el hombre hirió a Dios el dragón.
Dos yacían heridos, uno había vencido.

Y antes de que llegaran al último verso, el hombre que dirigía el coro del sur, que nos daba la espalda, se dio la vuelta para quedarse de frente, levantó los brazos y empezó a dirigir a David Evans y a los demás, que cantaban a pleno pulmón:

Su nombre era Jesús.

Entonces el director alzó la mano y nos pidió a todos que cantáramos, se volvió hacia el coro del sur a decirles que hicieran lo mismo y luego se puso frente a todos, hasta que Huw y yo y todo el mundo a nuestro alrededor acabamos cantando con muchísimo sentimiento mientras el viento llevaba nuestras voces por todo el valle, incluso se nos habría podido oír desde el final de Lôn Newydd hasta el final del lago Negro, si es que había alguien a la escucha.

En el hombre hirió a Dios el dragón
Dos yacían heridos, uno había vencido.
Su nombre era Jesús.

Caramba, aquello no acababa nunca. Estábamos Huw y yo pensando ya que nunca íbamos a dejar de cantar cuando el director levantó la mano para pedirnos silencio. Cuando por fin nos quedamos callados, se dio la vuelta hacia su coro y levantó la mano en dirección a uno de los hombres que había en el lado izquierdo. Este empezó a cantar un solo sin nadie más y el director nos volvió a mirar de frente, quedándose con los brazos bajados mientras escuchaba igual que nosotros. Dios mío, y sí que era buen tenor el tipo aquel:

> *Aquel que fue crucificado*
> *por lavar mis pecados.*
> *Amarga es la hiel del Calvario*
> *que Él bebió al expirar*

Cuando dijo Calvario, el director levantó de repente los brazos para indicarnos que entráramos y nos pusimos todos a cantar a pleno pulmón:

> *La fuente de Eterno Amor,*
> *ese hogar tranquilo que el espíritu anhela,*
> *acógeme en su Alianza,*
> *en la vida y en la muerte poderoso se revela.*

Después las cosas llegaron aún más lejos, la gente ni siquiera se calló cuando el director levantó la mano para que parásemos. Huw y yo ya no sabíamos muy bien si estábamos cantando o llorando, pues me di cuenta por su voz de que él también tenía un nudo grande en la garganta. Dios mío, desde entonces siempre siento un nudo en la garganta cada vez que canto esas palabras:

... hogar tranquilo que el espíritu anhela,
acógeme en su Alianza,
en la vida y en la muerte poderoso se revela.

Pero la situación se volvió más extraña todavía después de que la gente dejara de cantar. Era como si el silencio nos estuviera oprimiendo hasta que no se podía aguantar más. El sol se había puesto tras el Braich y estaba empezando a oscurecer. Comenzó a soplar un viento frío entre los árboles de alrededor, haciendo sonidos espectrales con las hojas, que nos produjo a todos un escalofrío, como si el sitio estuviera lleno de fantasmas. Y al otro lado del camino del Correo, justo allá a la derecha, los fragmentos de pizarra en la escombrera de la antigua cantera se movían, y hacían un ruido igual que ahora. Pero en ese momento Huw y yo pensamos que se removían por culpa de las voces de la gente cantando. Pero aparte del sonido del viento en las hojas y el ruido de la pizarra que se movía en la escombrera, nadie emitía el menor ruido. La gente se quedó mirando al señor que dirigía el coro del sur como si fueran corderitos, y se veía en todos un gesto extraño, como si esperaran y esperaran algo pero no supieran el qué.

De repente, vimos al frente a David Evans, al lado del coro del sur, y levantó la mano en dirección a la gente.

Recemos todos juntos, dijo.

Y sin que nadie indicara nada, todos se arrodillaron en la hierba, Huw y yo con ellos, y bajaron la cabeza y cerraron los ojos. Y la voz de David Evans rezó. Pero nadie entendía lo que decía porque el viento se llevaba su voz. Aunque cada uno rezaba por su cuenta, oíamos a algunos cerca de nosotros que murmuraban para sí. Solo nos sabíamos una oración de verdad, aparte del padrenuestro, que era la que nos habían enseñado cuando nos confirmamos Huw y yo. Y fue esa la que dijimos entonces. Incluso la recuerdo aún:

Que Tu espíritu me infunda, Señor Bendito, el temor que me salve en el mundo. Y que Tu amor sea la dirección de mi vida y el alivio en la hora de mi muerte. Alabado seas, Amén.

Pero como oración era demasiado corta para que durase todo el rato que estaba la gente de rodillas, y cuando la acabé me quedé sin nada que decirme. Y no se me ocurría nada. Me limité a escuchar el sonido del viento en las hojas y el ruido de la pizarra en la escombrera de la cantera y la voz de David Evans que se llevaba el viento. Cuando oí que David Evans decía algo de la muerte, empecé a pensar en Moi allá en el camposanto y en Elwyn de la calle de Arriba allá en Francia y en el tío Owen de Moi colgado de una cuerda y en Em, el hermano mayor del Pequeño Owen el Carbones, metido en el ataúd sobre el sofá, y en mucha otra gente que conocía que se había muerto.

Dios mío, me gustaría que cantaran *En anchas aguas y corrientes,* me dije. No hay nada que me ocupe la cabeza. Y me acordé del Pequeño Ivor, de cómo la corriente se lo llevaba de espaldas río abajo después de la gran inundación y cómo lo salvó Elwyn.

Parecía que le pasaba algo raro a Huw cuando abrí los ojos y lo miré. Tenía la cara blanca como la cal y los ojos cerrados, debía de haber estado llorando en silencio porque tenía lágrimas en la cara, igual que el día del funeral de Moi. Y me acordé de cuando me preguntó Huw en la escuela que cómo podía Price el Maestro llorar con los ojos cerrados, el día ese en que le dieron la noticia de que a Bob Price lo habían matado.

¿Huw, estás bien?, dije bajito.

Dios mío, ¿dónde estamos?, dijo Huw mientras abría los ojos y se los secaba con la manga del abrigo. Que sí, estoy bien.

Cuando David Evans acabó de rezar y llevábamos callados mucho tiempo mientras todos seguían aún de rodillas, vimos que el director del coro del sur se ponía de pie y levantaba la mano en dirección a la gente.

Cantemos ahora, dijo hablando justo igual que Johnny del Sur. Que nadie se incorpore. Vamos a cantar, como tributo a aquellos muchachos cuyos nombres aparecen en vuestro monumento, un himno muy conocido de Evan de Glan Geirionydd, *Aquellos fieles traen bienaventuranza*. Empecemos. Se puso a dirigir y todos cantaron de rodillas:

> *Aquellos fieles traen bienaventuranza.*
> *Si, una vez lejos, volvimos*
> *a decir sus nombres como alabanza.*
> *Solo entonces paz hallamos.*
> *Y después de pasar numerosas cuitas,*
> *reposando están del mundo,*
> *libres de pena, en la gloria bendita.*
> *La tumba libra del dolor inmundo.*

Así fue como lo entonamos, bien y bajito, sin que nadie se exaltara ni cantara a grito pelado, como hacía un momento. Además, la pizarra había dejado de hacer ruido en la escombrera de la cantera y el viento había dejado de hacer ruido con las hojas. Parecía que muchos fantasmas buenos habían salido del bosque y se paseaban entre nosotros y nos ponían la mano en la frente para calmarnos. Pero si los fantasmas esos vinieron de verdad, debieron de pasar por delante de algunos sin ponerles la mano en la frente, porque después, al cantar la última estrofa, unos cuantos levantaron un poco la voz:

> *No se alce más la voz del tirano*
> *mandándoles de nuevo al llanto.*
> *Sin cruz o tribulación inmunda,*
> *descansen ya del espanto.*

Para entonces, acababa de oscurecer, todo el mundo se levantó y se puso a charlar. Y dos del coro del sur hicieron la ronda con las gorras para pedir dinero.

¿Quieres darles algo, Huw?, dije. Yo llevo dos peniques. Les voy a echar uno.

Y yo. ¿Ves al que viene por aquí? Es uno de los dos que se van a quedar a dormir con nosotros.

¿Cómo estamos, jovencito?, dijo el señor dedicándole una sonrisa radiante a Huw.

Bien, gracias, dijo Huw, y le puso un penique en la gorra.

Y yo hice lo mismo.

Dios mío, qué mal me encuentro, dijo Huw cuando se hubo ido. Tengo ganas de vomitar. Vámonos a casa por Lôn Goed en vez de bajar por el camino del Correo.

De acuerdo, vamos.

Y cuando llegamos al bosque, sin que nadie más nos pudiera ver, Huw se puso a vomitar.

Demasiada cena, dijo al acabar. Dios, ya me siento mejor. Vaya, nunca había oído cantar tan bien. ¿Sabes qué me gustaría?

No.

Ser párroco.

Pues a mí también, chaval.

Y no hacer nada más que cantar y rezar todo el día.

Tendrías que dejar de decir palabrotas.

Dios mío, entonces no las diré más.

Y dejar de fumar.

Pues Hughes el Párroco fuma.

Ya, pero no debería.

Ya he dejado de decir palabrotas. Tampoco voy a fumar nunca más.

Ni yo.

¿Crees tú que en el colegio se reirán de nosotros?

Que hagan lo que quieran. Además, el año que viene voy a trabajar a la cantera.

Hay muchos hombres buenos que trabajan en la cantera. Como por ejemplo David Evans.

Sí. Y como Will Cuello de Almidón.

Sí. Pero él es un hombre santo de verdad. Se ha convertido.

Pues a lo mejor nosotros también nos convertimos. Pero yo no quiero ser santo. Yo solo quiero ser bueno.

Y yo.

Ahí estuvimos, haciéndonos toda clase de propósitos, hasta que salimos del bosque al final de Lôn Newydd.

Bueno, hasta mañana, dijo Huw. Los dos hombres del coro del sur estarán ya en casa cuando llegue. Mañana nos vemos en clase.

Hasta mañana, Huw.

No vi a nadie por Lôn Pen Bryn en el camino de vuelta, debían de haber llegado todos a sus casas por el otro lado del Braich, porque había luz en las ventanas a los dos lados del camino. Todavía tenía en los oídos las voces del coro del sur y de los demás, y estaba pensando en cuando fuese mayor, de párroco, diciendo sermones desde el púlpito todos los domingos y enseñándoles a los feligreses todas las cosas de Dios y Jesús y el Espíritu Santo. Y Huw era coadjutor de la iglesia y decían todos lo buen hombre que era. Dios mío, qué contento estaba, de qué buen humor, mientras me iba diciendo que quería ser bueno, más que nadie. Era justo como si me hubiera convertido. Así que iba corriendo a casa a contárselo a mi madre.

Cuando abrí la puerta y entré, iba a decir: Madre, me he convertido. Pero cuando le vi la cara, se me atragantaron las palabras. Paré en seco y me quedé mirándola. Estaba sentada en la mecedora, como si hubiera estado llorando. Tenía la cara blanca como la cal.

Ya la había visto así una vez. Había sido cuando se levantó de la cama después de pasar tres meses mala, cuando estuvo la abuela con nosotros. Cuando esa mañana me había ido al colegio, no sabía que el doctor Pritchard la había dejado levantarse. Pero al volver de clase, ahí estaba sentada en la mecedora mirando el fuego, y al entrar por la puerta no le vi más que un lado de la cabeza.

También esa vez, al verla, en la silla iba a decir: Viva, madre se ha levantado. Y lo tenía en la punta de la lengua cuando se dio la vuelta para mirarme. Pero se me atragantaron las palabras. Porque no tenía la misma cara que antes de ponerse mala. Ni siquiera era la misma que cuando estaba en su habitación, echada en la cama. Tenía la cara blanca como la cal, como la que se ve en un ataúd, solo que tenía los ojos abiertos y le brillaban, negros como grosellas negras, y cuando me miró me atravesaron como agujas de acero. Dios mío, cómo me asusté entonces al verla. Pero a continuación se rio al verme y se me pasó el susto.

Pero esa tarde no se reía cuando llegué a casa pensando que me había convertido. Había estado llorando y parecía una loca, los ojos me atravesaban como agujas de acero, como la otra vez.

¿Qué tiene, madre?, dije asustado.

Ha venido tu tío Will, dijo mientras me seguía mirando con sus ojos como agujas de acero.

El muy cerdo, lo mataré como vuelva por aquí, dije poniéndome furioso, olvidando por completo que me había convertido.

El tío Will era el hermano de mi madre. Había vivido con nosotros hacía una eternidad cuando yo era una criaturita, y en aquella época tocaba el órgano de la iglesia en vez del padre de Frank el Colmenas, hasta que le dio por emborracharse y lo echaron de la cantera porque no hacía más que beber. Después de eso se hizo vagabundo y mi madre nunca volvió a mencionarlo y nadie supo más de él. Hasta esa noche que vino a casa, como un año antes de la tarde cuando el coro del sur.

Era medianoche, mi madre y yo estábamos acostados cuando llamaron a la puerta. Ella se levantó y fue a responder.

¿Quién anda ahí?, dijo sin abrir la puerta. Yo escuchaba asustado.

Abre la condenada puerta, dijo desde fuera una voz de borracho.

El tío Will, me dije temblando como una hoja.

Y oí que mi madre gritaba: Vete, vete de aquí. No volverás a poner los pies en esta casa.

Y el tío Will se puso a hacer en el exterior el ruido de un perro que gruñe. Después todo quedó en silencio. Y mi madre volvió al cuarto temblando como una hoja. Después de eso, nos fuimos a dormir sin decir palabra.

¿Ha entrado en casa?, pregunté aquella noche del coro del sur. Sí, dijo madre, y empezó a llorar en silencio. Después ya no le pude entender nada más. Cuando le hablaba, no daba muestras de enterarse. Se limitaba a atravesarme con la mirada y hablaba sola, o con alguien que creía que estaba detrás de ella.

Sois unos demonios, dijo mirando hacia atrás. Sí, habéis sido vosotros los que habéis traído aquí a ese cerdo. Y seguía discutiendo con alguien que no estaba ahí.

Me fui a la cama con el alma por los suelos.

12

¿Por qué diablos habré venido aquí esta noche siguiendo el camino del Correo? Podría haber ido a dar un paseo allá a la montaña, o a la ladera del Foel. Seguro que habrían sido más agradables esos dos trayectos que este, por el camino del Correo. En las vacaciones de verano iba al otro lado de la montaña con mi madre para hacerle una visita a tía Ellen en la granjita de Bwlch. Caramba, además mira que era bonita la granja. Dos vacas y un ternero en el establo y dos cerdas en la pocilga y un montón de gallinas correteando por todas partes y un campo frente a la casa con un ciruelo, lleno de ciruelas grandes y negras. Y un lago con remolinos y un pajar para el heno. Fue en el pajar del heno donde me rompí el brazo.

Mi madre solía ir todas las semanas al otro lado de la montaña a ver a tía Ellen, aunque a mí solo me dejaba acompañarla cuando había vacaciones en la escuela. Ella iba siempre los miércoles, porque para el miércoles nos estábamos quedando ya sin nada de comida y el almacén de la parroquia no llegaba hasta el viernes. Se llevaba siempre una bolsa de redecilla grande, de la compra, y la traía llena con toda clase de comida, cosas que tía Ellen le había dado.

Dios mío, además era un día precioso cuando me rompí el brazo en la granja de Bwlch. Mi madre y yo habíamos salido por el puente de los Establos al poco de amanecer porque había que andar cuatro horas por la montaña hasta la granja de Bwlch. Y justo empezó a clarear mientras subíamos por todo el bosque de Rhiw y cuando llegamos a la puerta de la Montaña.

Se está haciendo ahora mismo de día, dije cuando paramos a recuperar el aliento al lado de la puerta de la Montaña.

No. Lleva siendo de día hace más de una hora, dijo madre. Son todos esos árboles los que tapan la luz.

¿Es verdad que en el bosque de Rhiw hay hombres del saco?

Pues claro, hay gente que los ha visto.

Pero nosotros no los hemos visto.

Bueno, estaba demasiado oscuro.

Anda, mira, ahí abajo está la escuela del condado. ¿A que es bonita desde aquí, con el sol dándole?

Sí, ahí es donde irás tú si consigues la beca.

Dios mío, claro. Seguro que me la dan.

Después de caminar toda la montaña más o menos una hora, madre me indicó un edificio pequeño y antiguo con las ventanas rotas, en un lado de la ladera.

¿Ves eso de ahí?, dijo. Esa fue la escuela donde fui yo cuando era niña.

Vaya, qué pequeña. Pero ahora nadie va ahí a clase porque tiene todas las ventanas rotas.

No, ahora hay una nueva, al otro lado de la montaña. ¿Y ves esa hilera de casas, el valle de allá?

Sí, la veo.

Ahí es donde vivía cuando era niña. Ahí fue donde nací.

¿Ah, sí? ¿Y qué hizo al acabar el colegio?

Me puse a servir en Manchester.

Vaya, no sabía que hubiera estado usted tan lejos.

Sí. Mánchester es un sitio bonito. Te llevaré un día para que veas el espectáculo de fieras de Belle Vue.

Después de andar otra hora más o menos y de pasar por la siguiente puerta de la Montaña, ya pudimos distinguir la granja de Bwlch frente a nosotros, aún a mucha distancia. Había un caminito estrecho que subía la ladera y, al lado del caminito, a mitad de subida, estaba la granja de Bwlch.

Ahí está la tía Ellen, dije. La veo con el delantal blanco de pie delante de la casa.

Tienes mejor vista que yo, dijo mi madre. Estará dándoles de comer a las gallinas, supongo.

Y también hay alguien en el campo Grande.

Ese debe de ser Guto, tu primo, que está cogiendo piedras.

Dios mío, qué emoción más grande me entró cuando apareció la granja de Bwlch. Se me olvidó completamente que estaba cansado y pensé en la comida como Dios manda que nos iba a dar tía Ellen y en cómo me iba a divertir con Guto.

Hola, Gel, dije cuando subimos el monte y torcimos al caminito que llevaba a la granja de Bwlch. El perro de tía Ellen en realidad se llamaba Gelert, pero todos lo llamaban Gel. Gel se puso a dar saltos hacia nosotros y a ladrar como un loco. Era el perro ideal para darte la bienvenida, el bueno de Gel.

Ve al campo Grande y ayuda a Guto a coger piedras, dijo mi madre en cuanto llegamos a la casa y nos sentamos.

Deja que el chiquillo se siente un momento, que le doy un té y así recupera las fuerzas, dijo tía Ellen.

La tía Ellen era una mujer agradable, aunque nunca la vi reírse. Incluso cuando hablaba de algo alegre, tenía un aspecto algo triste. Tenía además un gesto en la boca como si siempre se estuviera quejando de algo. Y Catrin, mi prima, la hermana pequeña de Guto, estaba sentada como siempre en la esquina, sin hablarle a nadie. Catrin se había quemado la cara de pequeña una vez que una tetera se cayó del fuego y la abrasó, y su cara tenía un aspecto horrible con toda esa piel que brillaba, rosácea y arrugada. No salía nunca ni le preguntaba a nadie cómo estás, aunque ya casi tenía los quince. Se limitaba a estar sentada todo el día al lado del fuego, leyendo o haciendo calceta.

¿Puedo ir ya al campo Grande a ayudar a Guto?, dije después de tomarme el té y recobrar fuerzas.

Sí, ya puedes ir, dijo mi madre, y no hagas ninguna trastada.

Guto era un chaval grande y fuerte, con el pelo negro como la pez, la cara blanca y alargada y los ojos oscuros, con los mofletes un poco rojos, igual que los tenía Moi. Pero Guto no tenía la tuberculosis porque le habían hecho la prueba para ir al Ejército al año siguiente y los alemanes no lo mataron hasta el último día de la guerra. Pero tía Ellen y Catrin para entonces ya estaban muertas, así que se habría quedado todo solo en la granja de Bwlch, de haber vuelto.

Siempre que Guto venía a hacernos una visita, llevaba los pantalones hasta la rodilla y unas relucientes calzas marrones.

Pero cuando me dirigí hacia él en el campo Grande, ahí estaba con una carretilla cogiendo las piedras, llevando unos pantalones largos que había acortado atándose dos trozos de cuerda por las rodillas, igual que hacían en la cantera.

¿Cómo andamos, Guto?

Hola, chaval. Veo que por fin has llegado, aquí yo, que ya he acabado casi de coger las piedras. Si vas tú por ahí, acabamos en menos de media hora.

¿Puedo llevar yo la carretilla, Guto?

Claro, si puedes con ella.

Claro que puedo. Dios mío, cómo pesa.

La carretilla iba casi llena de piedras y cuando la intenté levantar se cayó de lado.

Cuidado que eres torpe, dijo Guto, y vino a poner otra vez bien la carretilla.

Dios mío, sí que pesaba.

Deberías tomar más pan y leche para que los músculos se te desarrollen. Venga, mete otra vez todas las piedras en la carretilla.

Ahí estaba yo levantando las piedras y, cuando acabé, Guto ya había terminado de coger las del otro lado del campo.

Vamos, dijo, y cogió los mangos de la carretilla como si no pesaran más que una pluma, la llevó hasta el montón de desperdicios al lado del establo y la vació. Yo andaba a su lado mirando todo lo que hacía.

¿Te gustaría darte un chapuzón en el lago de los Remolinos?

Dios mío, sí.

Y al lago de los Remolinos que nos fuimos, nos quedamos en cueros, Guto corrió unos diez metros y se tiró de cabeza justo en medio.

Venga, dijo cuando volvió a salir mientras se quitaba el agua de los ojos, con el pelo negro por toda la cara.

Pero durante un rato me quedé sentado donde no cubría, solo con un pie en el agua, temblando como una hoja. Luego Guto vino nadando y me salpicó entero. Entonces también me lancé.

Guto, no sé nadar, dije riendo.

Venga, que yo te enseño.

Y ahí estuvimos, divirtiéndonos durante una eternidad mientras Guto gritaba: No tengas miedo, y Vamos, vamos, mientras intentaba enseñarme a nadar.

La próxima vez te enseñaré como Dios manda, dijo mientras nos secábamos después de salir del agua, sentados al sol. Y después de vestirnos bajamos a la casa a comer.

Gel estaba tumbado debajo de la mesa con un hueso grande, demasiado ocupado para fijarse en nadie.

Toda la casa olía a guiso de carne con verduras y mi madre llevaba su delantal porque había estado trabajando con la tía Ellen, y fue sirviendo el guiso con una taza, de la cazuela a los platos. Cuando acabamos de comer quedó un cuenco lleno de huesos que habían sobrado del guiso y tenían mucha carne. Tía Ellen cogió el cuenco.

Me llevo esto fuera, dijo.

¿Dónde los llevas?, dijo mi madre.

Son la comida de Gel.

Por el amor del cielo, Ellen, no le des eso al perro, cariño. Tienen aún demasiada carne. Los meto en la bolsa y me los llevo a casa.

Y a la bolsa que fueron, así que el pobrecillo de Gel tuvo que conformarse con el hueso que había bajo la mesa.

Después de comer, Guto y yo fuimos a coger ciruelas del árbol que había en el campo delante de la casa. Y al cabo de media hora teníamos una cesta llena y eran todas negras y suaves y bonitas. Guto y yo nos comimos como una docena cada uno. No pudimos comer más por todo el guiso que habíamos tomado.

Estas son para que tu madre y tú os las llevéis a casa, dijo Guto. ¿Ves ese campo de ahí al otro lado del camino? Está que rebosa de arbustos que están llenos de arándanos. La próxima vez iremos ahí a cogerlos. Cuando volvamos a casa, vamos al pajar del heno para que veas nuestro almiar.

Y ahí es donde pasó el accidente.

El campo Grande bajaba en pendiente por un lado del pajar del heno, y si subíamos por el campo podíamos entrar por la puerta de arriba, que estaba al mismo nivel que el tejado del pajar. Pero había un hueco grande entre muro y pajar.

Venga, dijo Guto, y saltó todo el hueco, hasta el tejado del pajar.

Ay, yo no puedo, dije de pie al borde de la puerta, mientras respiraba todo el olor dulce del heno.

Pues claro que puedes. Venga, salta. Yo te cojo.

Bueno, de acuerdo, dije, y pegué un salto. Pero no llegué hasta el tejado del pajar, ni tampoco hasta la mano de Guto. Así que me caí por un lado del pajar hasta acabar en el suelo. Ahí me quedé aturdido y tumbado, y al abrir los ojos noté que me dolía el brazo por debajo. Y Guto estaba de rodillas al lado de mi cabeza.

¿Te has hecho daño?, me llegó su voz desde muy lejos.

Vaya, pues no lo sé. Siento algo raro en el brazo.

Prueba a levantarte, luego nos metemos en casa.

No puedo, Guto. Tengo el brazo como si fuese de madera.

Después de mirarme el brazo y ver que estaba hinchado, Guto me cargó en su espalda como si fuera una pluma y me llevó del pajar de heno a la casa.

Este se ha dado un castañazo en el pajar del heno y se ha hecho daño en el brazo, le dijo Guto a mi madre, que había salido corriendo al vernos pasar por la ventana.

Mira que eres bicho, seguro que andabas haciendo trastadas, dijo cuando me vio llorar. Pero no se enfadó de verdad porque no dejaba de repetir Cielito mío por aquí y Cielito mío por allá cuando Guto me bajó mientras yo me sujetaba el brazo con la mano derecha. Y mi madre me sentó en su regazo y se puso a mirarme el brazo.

Llévalo al dormitorio, dijo tía Ellen. Guto, es mejor que se meta en la cama. Si se ha roto el brazo, tendremos que llamar al doctor Griffiths para que se lo cure. Guto, ve a buscarlo.

Y Guto salió disparado como el rayo. Mi madre me ayudó a desvestirme y me metió en la cama. Dios mío, qué cama más grande y cómoda, igual que la que teníamos en el dormitorio de casa. Solo que esta era mejor. Por la ventana se distinguía el sendero de la montaña, por encima del ciruelo del fondo, al final del campo de delante de la casa. Encima de la chimenea había una enorme imagen de la cara de un hombre que tenía un bigote negro, con un marco alrededor, y por debajo ponía No te olvidamos, y unas frases poéticas. Mi madre me contó después que era el tío Harry, el marido de tía Ellen, pero que yo no lo llamaba tío Harry, claro, porque se había muerto hacía mucho tiempo.

Me quedé toda la tarde durmiendo después de que viniera el doctor y me escayolara el brazo. Soñé un montón de cosas muy raras. Me iba a nadar al lago de los Remolinos yo solo y nadaba como un auténtico experto hasta la mitad del lago, luego estaba flotando en el agua bocarriba, mirando las nubes del cielo. Y de repente bajaba volando de una nube un ángel grandísimo que tenía un bigote negro y se posaba en la hierba junto al lago de los Remolinos.

¿Qué estás haciendo aquí?, decía. No tienes ningún derecho a bañarte en el lago de los Remolinos.

Ahí estaba yo, cruzando el lago a nado hasta el otro lado en dirección a la roca donde había dejado la ropa, pero antes de llegar el ángel del bigote negro ya se me había adelantado volando y se la había llevado. Salía del agua, esquivaba al ángel, iba corriendo en cueros hasta el establo y subía por el campo Grande hasta la puerta de arriba del pajar, y el ángel me perseguía volando. Y cuando estaba en la puerta del pajar, notaba su aliento en el cogote y su bigote que me hacía cosquillas en la espalda. Así que yo daba un salto por los aires y haciendo plaf caía sobre la espalda en el tejado del pajar del heno. Y ahí estaba de pie el ángel en la puerta de arriba, gruñéndome bajo el bigote negro y yo me reía de él.

¿Creías que no podría perseguirte?, decía y empezaba a batir las alas como un pájaro enorme, con mi ropa bajo el brazo.

Oye, a que no vienes hasta aquí, le decía mientras le hacía muecas.

¿Conque no?, decía. Tú espera.

Y volaba por encima del hueco hasta el tejado del pajar y me caía encima. Y entonces nos revolcábamos por el heno, intentando derribar al otro como el ángel ese con Jacob que nos contó Bob del Carro de la Leche el domingo anterior en catequesis.

Y me acuerdo de los versículos de la Biblia que nos enseñó aquella vez Bob del Carro de la Leche:

Así se quedó Jacob solo; y luchó con él un varón hasta que rayaba el alba. Y cuando el varón vio que no podía con él, tocó en el sitio del encaje de su muslo, y se descoyuntó el muslo de Jacob mientras luchaba con aquel. Este dijo: Déjame, porque raya el alba. Y Jacob le respondió: No te dejaré si no me bendices.

Aunque, caramba, el ángel del bigote negro era mucho más fuerte que yo, y lo único que podía hacer era agarrarme fuerte a él hasta que me cogió del muslo y me obligó a soltarlo. Y me lanzaba al lado más lejano del pajar del heno, caía por un enorme pozo sin fondo y seguía cayendo y cayendo y cayendo sin parar hasta que abrí los ojos y vi a mi madre al lado de la cama con una taza de té en la mano.

Aquí tienes, cielo, dijo. Ahora tómate esto. El doctor ha dicho que debes quedarte en cama, así que puedes quedarte aquí con Guto la semana de vacaciones. Yo me voy ahora a casa. Vendré a buscarte la semana que viene.

Madre, no me quiero quedar. Prefiero irme con usted a casa. Puedo andar bien con el brazo en cabestrillo.

No, más vale que hagas lo que dice el médico. Estarás bien una semana aquí con Guto. Yo vuelvo el miércoles.

Me eché a llorar y no me podía beber el té y grité: Quiero irme con usted, madre.

No, cielo, deja de llorar. No te muevas de donde estás y no te olvides de portarte bien.

Conque después de colocarme la almohada, de arroparme y darme un beso, mi madre giró sobre sus talones y salió por la puerta del dormitorio.

Madre, dije porque buscaba cualquier excusa para que volviera a entrar.

¿Qué pasa, cielo?, llegó su voz desde la cocina.

Venga un momentito.

¿Qué pasa ahora?

¿Quién es ese señor del bigote negro?

Ese es tu tío Harry, cielo. El marido de tía Ellen. Lleva muerto mucho tiempo.

¿Cómo puede ser mi tío si está muerto?

Duérmete ahora como un chico formal, y deja de hacer preguntas tontas.

Y se cerró la puerta del dormitorio.

¡Madre!

Pero ya no respondió. Me quedé tumbado en silencio mientras les escuchaba hablar en la cocina, hasta que oí que madre decía: Bueno, me voy ya. Muchas gracias. Volveré el miércoles que viene.

Me quité de encima la ropa de cama y me levanté para mirar por la ventana. Ella desaparecía en ese momento por el extremo de la casa con su vestido negro y el sombrerito blanco, vestida como para un funeral, solo que llevaba una flor de color rosa en un lado del sombrero. Y la bolsa al brazo, llena a rebosar. Dios mío, cómo debe de pesar, me dije.

Volvió a aparecer mientras bajaba el monte, andando a paso rápido, y la estuve observando hasta que volvió a desaparecer al final del monte. Me quedé junto a la ventana mucho rato, porque pensaba que podría volverla a ver apareciendo por el camino de la montaña, por encima del ciruelo de delante de la casa. Pero en la montaña había niebla, había empezado a oscurecer y no la volví a ver. Ahí me quedé, sentado junto a la ventana mirando la niebla, mientras imaginaba que la veía recorriendo completamente sola el sendero de la montaña. Entonces me volví a acostar, muy triste, y me eché a llorar como un niño pequeño con la cabeza contra la almohada, sin poder parar por nada del mundo.

Cuando Guto se metió conmigo en la cama y empezó a hablarme, yo no podía responder, así que hice como que dormía para que no viera que estaba llorando. Pero a la mañana siguiente, mientras desayunábamos en la mesa de la cocina y yo llevaba el brazo en cabestrillo y comía con una mano, Guto no hizo más que quejarse de mí.

Madre, con este no he podido pegar ojo, le dijo a la tía Ellen.

¿Y eso por qué? ¿Qué es lo que hacía?

Llorar en sueños.

¿Echas de menos tu casa?, me dijo la tía Ellen.

Estaba muy dormido, dije. No sabía que estuviera llorando.

Y gritabas, dijo Guto. Y toda la noche pataleando. Debo de tener las piernas llenas de moratones.

Hoy podéis ir los dos a traerme unos cuantos arándanos, dijo la tía Ellen después de preguntarme cómo tenía el brazo. Catrín puede hacer una tarta de arándanos para la merienda.

Catrin estaba desayunando sin hablar con nadie mientras me miraba fijamente el brazo en cabestrillo.

Cuidado con su brazo, dijo la tía Ellen mientras nos íbamos, cada uno con su cántaro para guardar los arándanos del campo del otro lado del monte. Había unos escalones para cruzar el muro desde el monte y pasar al campo, pero no hacía falta bajar hasta el otro lado porque el campo estaba al mismo nivel que la parte superior del muro. Dios, y cuantísimos arándanos había cuando llegamos al extremo más alejado del campo. No tardamos nada en llenar un cántaro pequeño cada uno. Entonces nos sentamos al sol y comimos arándanos hasta que se nos quedó la boca negra. Y Guto me enseñó a hacer un collar con arándanos y tallos de hierba.

Nos lo llevamos a casa de regalo para Catrin, dijo después de que hiciéramos uno muy largo. Mira, desde aquí se puede ver el Yr Wydffa. Ahí está, fíjate, con el pico entre las nubes.

Vaya, yo creía que el Yr Wyddfa quedaba lejísimos. En realidad está cerca, ¿verdad, Guto?

Sí, pero ¿a que no puedes ver a la Reina del Yr Wyddfa?

Dios, no veo una reina en ningún sitio. Tú tampoco. Me estás tomando el pelo.

No, de verdad. Ahora mismo la estoy viendo. Pero es que no todos pueden verla.

¿Es una mujer de carne y hueso, Guto? No veo a nadie.

No. Es la montaña de allí, que dibuja contra el cielo la forma de una mujer, y solo aparece en los días claros como hoy. Está tumbada sobre la ladera de la montaña. Mira ahora.

Y Guto me puso un brazo en el cogote y con el otro señaló la montaña, al lado de la cima del Yr Wyddfa.

¿Ves esa pendiente tan pronunciada por allí, donde pastan las ovejas?

Sí, la veo.

Bueno, pues mira detrás, siguiendo mi dedo, un poquito hacia la izquierda por arriba de la pendiente. ¿Distingues la forma de la cabeza de una mujer que está tumbada?

Sí, creo que sí.

Y luego el pecho un poco más abajo.

Sí, eso lo veo.

Y luego el vientre, todo hinchado.

Dios mío, es verdad.

Y luego los pies, que apenas salen de la falda.

Vaya, es verdad. Ahora ya la veo entera.

Pues ahí la tienes. Esa es la Reina del Yr Wyddfa. Cuando la has visto una vez, ya siempre puedes verla.

¿Y por qué la llaman la Reina del Yr Wyddfa?

Pues porque está en la cima del Yr Wyddfa, por qué va a ser.

Sí, pero ¿por qué la llaman reina?

Pues porque el Yr Wyddfa es suyo, por eso es. Y dicen que si llega a levantarse y baja de la montaña, será el fin del mundo.

Vaya, ¿nos podemos llevar ya los arándanos a casa?

Sí, ya nos vamos. Después de comer, tú puedes quedarte a leer en casa mientras yo limpio el establo y les doy de comer a los cerdos y siego algo de hierba.

¿Guto, qué es eso de ahí?, dije cuando nos levantamos, de espaldas al Yr Wyddfa.

Por ahí abajo están Anglesey y Beaumaris y el mar. Oye, Beaumaris sí que es un sitio bonito, chaval. Beaumaris es que es el mejor sitio del mundo.

¿Y desde aquí no se ve el mar, Guto?

No, desde aquí no se ve el mar. Hay que subir hasta la cima del Yr Wyddfa para ver el mar como Dios manda. O ir a Beaumaris, y entonces estás al lado.

Vaya, yo nunca he visto el mar más que en los libros.

Yo te llevaré algún día de excursión a Beaumaris, cuando hayas aprendido a nadar como Dios manda. Y nos bañaremos en el mar. Y podemos sentarnos en la playa y ver cómo sube la marea.

Dios mío, esa fue una de las mejores semanas que he pasado en la vida, dando vueltas con Guto por el Bwlch, con el brazo en cabestrillo. Después de esa primera noche, no eché de menos mi casa ni un poquito, y Guto no se quejó ni una vez de que le hubiera dado una patada ni de que hubiera llorado en sueños. Y cuando vino mi madre a buscarme al miércoles siguiente, no quería volver con ella a casa.

Madre, ¿puedo quedarme otra semana con Guto?, dije después de que me diera un beso y me preguntara cómo tenía el brazo.

No, mejor que vuelvas hoy a casa conmigo, para que te pueda curar ese brazo.

No me duele nada.

Puede que sí, pero es mejor que te vuelvas hoy a casa con tu madre, dijo la tía Ellen.

Esa tarde mi madre y yo volvimos a casa de lo más felices por el caminito de la montaña y yo la ayudé a llevar la bolsa pese a llevar un brazo en cabestrillo.

Aunque fue en el camino de la ladera del Foel donde vi el mar por primera vez en mi vida. Fue el año antes de que muriera el cura y yo había ido de viaje a Glanaber con el coro de la iglesia. En vez de hacer todo el viaje en tren, decidimos ir a pie pasando la ladera del Foel hasta el camino del Correo, y ahí coger el tren a Glanaber. Tampoco había ido nunca en tren.

Era un sábado. Nos encontramos todos en la ladera del Foel de buena mañana y ese día había más gente en el coro que la mañana de cualquier domingo en la iglesia.

Oye, qué día más bueno hace, ¿verdad?, dijo Huw, que había llegado antes que yo, con los mofletes todos rojos y con una sonrisa de oreja a oreja. Me he traído un poco de pan con mantequilla en el bolsillo por si no nos dan suficiente de comer.

Y yo.

¿Cuánto dinero te has traído?

Dos chelines además de los dieciocho peniques del coro.

Dios mío, somos ricos. Yo llevo media corona en monedas de plata de tres peniques. Y con el pago de dieciocho peniques del coro que nos van a dar en Glanaber, tengo ya cuatro chelines. ¿Te vas a montar en el vapor cuando lleguemos allí?

Sí, si nos dejan. Y también quiero montar en burro.

Y yo.

Estuvimos así charlando mientras cruzábamos la ladera del Foel con la bruma que subía de la hierba y las aulagas, como si alguien aireara las sábanas y por debajo hubiera una manta verde.

Cuando llegamos a la mitad de la ladera del Foel ya nos empezamos a cansar. Huw se había adelantado con los demás y yo iba el último de la fila, los demás cada vez avanzaban más y más. Todos menos Frank el Colmenas y Ceri, la hija del cura. Iban caminando juntos detrás de los demás pero por delante de mí cuando los otros desaparecieron por la ladera del Foel. Vi que Frank le pasaba a Ceri el brazo por la cintura, que ella le apartaba el brazo de un tirón, se paraba y lo regañaba. Entonces Frank siguió avanzando él solo y desapareció por la ladera del Foel como los demás, y Ceri se quedó caminando muy despacio por delante de mí.

De pronto se paró, se dio la vuelta y me vio acercándome. Y vino en mi dirección, con una sonrisa enorme en la cara.

Hola, niño mío, dijo con un poco de acento porque había estado estudiando fuera, en Inglaterra. ¿Estás cansado?

Un poco, dije mientras resoplaba como una locomotora y me ponía rojo hasta la raíz del pelo.

Venga, dame la mano, me dijo y me la cogió con la suya. Era suave y caliente y maravillosa. Entonces pude andar mucho más rápido y casi no tardamos nada en llegar a la parte más alta de la ladera. Y ahí fue donde lo vi, el mar por primera vez, y me quedé sin moverme un ápice y le apreté fuerte la mano derecha a Ceri.

La vista era como si delante de nosotros el cielo se hubiera abierto de repente, igual que un telón, y nos hubiera revelado los cielos, y el suelo del cielo era como yo lo había imaginado cuando estaba tumbado y perdido en el Foel Garnedd mirando el firmamento. El suelo era del azul más azul que existe y en él brillaba el sol y llegaba hasta muy muy lejos, y luego se juntaba con la pared de plata del cielo en lontananza. Luego, a la izquierda, había una alfombra verde de árboles con todo el follaje y el mar lo cruzaba justo igual que el pasillo de una casa grande como la vicaría. Y ese pasillo también era azul, del mismo color que el mar. Y había un castillo que se alzaba sobre la alfombra verde y en la distancia parecía de juguete, aunque debía de ser enorme si estabas al lado.

Todo era tal como me lo había imaginado siempre en la iglesia al cantar *La tierra de vida plena,* sobre gente próspera que ya no sentía ni miedo ni dolor después de haber atravesado el río Jordán. Y especialmente cuando oía a mi madre cantarlo mientras planchaba:

> *Mira más allá de las brumas del tiempo,*
> *alma mía, mira esa panorámica,*
> *alma mía, mira esa panorámica.*
> *Siempre sopla, tierna brisa,*
> *siempre hay firmamento azul,*

siempre hay firmamento azul.
Dichosas son las gentes,
dichosas son las gentes,
miran siempre hacia ese lugar,
miran siempre hacia ese lugar.

Seguro que en ese castillo vive Dios, me dije. Y Jesús ahora también vive ahí con su Padre, me apuesto lo que sea, y ya está totalmente recuperado después de que lo crucificaran.

Había dejado escapar una exclamación cuando los cielos se abrieron ante mí, lo que me hizo pararme y apretarle la mano a Ceri. Pero no me di cuenta de que estaba llorando como un crío hasta que oí que Ceri decía: ¿Es que estás cansado? Vamos a sentarnos aquí un ratito.

De verdad que no, estoy contento, dije mientras me secaba los ojos con la manga del abrigo, y me eché a reír. Es que parece que estamos en el cielo, ¿verdad?

Ceri puso su abrigo gris sobre el rocío y se sentó y yo me senté a su lado, y me pasó el brazo por los hombros mientras apoyaba mi cabeza en el costado, que era suave como una almohada, y me llegaba el olor de su perfume.

Bueno, por lo menos aquí sí que estoy en el cielo, me dije.

¿Ves el castillo aquel de abajo, donde los árboles?, dijo Ceri.

Sí que lo veo.

¿Te cuento una historia sobre él?

Sí sí. ¿Es una historia auténtica?

Claro que sí. ¿Cuántos años tienes?

En noviembre hago los diez.

Había una vez, hace muchos años, un rey que vivía en ese castillo y tenía una hija, y la hija tenía dieciocho años.

¿La misma edad que tú, entonces?

Sí, y un día un hombre joven y rico llegó de Londres al castillo en un caballo blanco y le pidió al rey la mano de su hija. Pero cuando ella oyó que el padre decía: Sí, podéis hacerla vuestra esposa, corrió escaleras arriba hasta la habitación más alta del castillo y se encerró en ella, y su padre la buscó por todas partes pero no pudo encontrarla. Y esa noche, el novio de la hija, un joven de cabello rubio y ojos azules que vivía en una gran casa blanca por allá, al otro lado del río, llegó en silencio al castillo mientras estaba oscuro y la llamó con un silbido bajo la ventana. Ella fabricó una cuerda con las sábanas y descendió por el muro del castillo hasta él. Y los dos juntos se escaparon y nadie volvió a verlos nunca jamás.

Yo estaba a punto de quedarme dormido mientras oía a Ceri contar la historia cuando apartó el brazo de mis hombros y me hizo abrir los ojos. Todos los demás habían bajado ya hasta el fondo y estaban a punto de desaparecer por el bosque que se extendía al lado del camino del Correo.

Será mejor que nos vayamos, o si no ya no los alcanzamos, dijo Ceri. ¿Puedes echar a correr?

Claro.

Pues vamos allá.

Y salió Foel abajo y corrió como el viento mientras el pelo le formaba una nube en torno a la cabeza.

Y yo corrí tras ella como una bala.

13

No empezó bien, el día aquel después de la tarde en que vino el
coro del sur. No es de extrañar que acabara peor. Por la mañana llovió a cántaros y en el colegio estuve sentado con los pies
mojados porque me calaban los zapatos. No me podía concen-
trar en lo que intentaba contar Price el Maestro, me limitaba
a contemplar cómo la lluvia martilleaba en la ventana como
si muchos malos espíritus estuvieran llorando y gimiendo, y a
fijarme en los charcos grandes de agua sucia del patio.

Price nos estaba dando Geografía, había dibujado un mapa
de África en la pizarra y nos hablaba del calor que hacía en ese
sitio, que estaba lleno de personas negras que a veces se comían
unas a otras, y que el sol les pegaba todo el día en la cabeza,
de la mañana a la noche. Luego pasó a contarnos la historia
del doctor Livingstone, que iba predicando sobre Jesús a los

caníbales y que se perdió en la selva. Pero yo tenía los pies demasiado mojados para escuchar, por no hablar del ruido en la ventana. Así que levanté la mano y pregunté si podía ir al servicio.

Pero lo que quería en realidad era secarme los pies. Llevaba un par de calcetines secos en el bolsillo del abrigo que estaba en el guardarropa, y algo de papel de estraza para meterlo en los zapatos después de cambiarme los calcetines. Pero después de quitarme los zapatos y cambiarme los calcetines y meter el papel de estraza en los zapatos y de volvérmelos a poner, encontré una colilla en el bolsillo del chaleco. Me voy al servicio a echar una calada, dije, pese a que le había dicho a Huw la noche antes que no iba a fumar nunca más.

Así que empecé a escabullirme hacia el servicio de detrás de la escuela por la franja seca bajo el alero del tejado. Dios mío, casi me dio un ataque cuando lo vi. Ahí estaba Will Ellis el Porteador, tirado en el suelo del servicio con una cuchillada tan grande en el pescuezo que parecía que tenía la boca abierta, y el sitio estaba todo inundado de sangre. Nada más echarle un vistazo salí corriendo como alma que lleva el diablo a decírselo a Price el Maestro, y temblaba como una hoja y él no me entendía lo que le estaba intentando decir.

Wi-Wi-Will E-E-Ellis el Porteador, señor, dije. Titi-tirado ahí fuera. Es-es-está muerto.

Price llamó a gritos a Williams el Canijo, del cuarto curso, y los dos salieron al servicio. Luego vimos que Williams el Canijo pasaba como una centella por delante de la ventana atravesando el campo de deportes en medio de la lluvia sin abrigo ni gorra.

Ha ido a buscar a mi padre, dijo el Pequeño Will el del Policía.

Y entró Price blanco como la cal y nos dijo que nos teníamos que ir a casa, que no había clase esa tarde y que nadie debía acercarse al servicio. El padre del Pequeño Will el del Policía ya había llegado cuando nos mandaron fuera, y estaba al lado de la puerta de entrada hablando en voz baja con Price y el Canijo, que estaba calado hasta los huesos.

¿Qué has visto?, dijo Huw cuando cruzamos la calle, mientras esperábamos en la entrada del chatarrero a que dejara de llover, para ver si podíamos observar cómo sacaban del servicio el cuerpo de Will Ellis.

Pues estaba tirado bocarriba en el servicio, dije, y todos los chicos me rodeaban con la boca abierta.

¿Y estaba muerto?, dijo Johnny el Barriles de Cerveza.

Sí. Le salía a borbotones sangre por la garganta y se le había caído la gorra y tenía la boca torcida y un ojo abierto como si me estuviera haciendo un guiño. Y también un cuchillo grande a su lado en el suelo, como el de Johnny Edwards el Carnicero, que también estaba manchado de sangre.

Hablaba a toda velocidad, como una metralleta, porque hablar era lo único que me impedía temblar y no quería que los chicos vieran que me había asustado. Y, cuando me callaba, me daba la sensación de que iba a vomitar.

¿Te ha dicho algo?, preguntó Davey el Tendero de la Esquina. Era un poco palurdo, el pequeñajo de Davey.

A ver, bobo, ¿cómo iba a decir algo si estaba muerto?

Pues el domingo estaba bien, dijo Johnny el Barriles de Cerveza. Yo lo vi bajando por la calle hacia la estación con una caja grande a la espalda.

De David Jones era esa caja, del hermano de Ann Jones la Tendera, que se vuelve para América, dijo Huw.

Yo lo vi anoche, dijo Davey el Tendero de la Esquina.

¿Que viste a quién?

Pues a Will Ellis el Porteador, a quién va a ser. Estaba en la ladera del Braich cantando a grito pelado.

Tendrás que ir al interrogatorio, me dijo el Pequeño Will el del Policía.

¿Qué es un interrogatorio?

Pues es donde se dice cómo se ha muerto y deciden si se suicidó o si alguien lo mató.

Se ha suicidado, seguro.

¿Cómo lo sabes?

¿No he sido yo el que lo ha visto?

Pues sí, por eso tienes que ir al interrogatorio, para que te puedan interrogar, para que puedan decidir como Dios manda si se suicidó. ¿Cómo sabes que anoche no se lo llevó alguien al servicio del colegio y le rajó la garganta?

A lo mejor iba borracho, dijo Davey el Tendero de la Esquina.

Vamos, bobo. ¿Cómo iba a emborracharse un domingo?

Y de repente me acordé del tío Will y pensé que a lo mejor él había matado a Will Ellis el Porteador cuando estaba borracho, y que lo colgarían. Pues bien merecido que se lo tiene, me dije. Entonces pensé: Calla la boca, bobo.

Nos quedamos discutiendo hasta que dejó de llover. Y lo único que vimos de Will Ellis el Porteador fue el automóvil del padre de Davey el Tendero de la Esquina, que torció por la parte de atrás de la escuela y desapareció en un abrir y cerrar de ojos, y al padre del Pequeño Will el del Policía sentado en la parte delantera con el conductor. Me resultaba insoportable la idea de volver a casa solo.

Huw, ¿me vienes a ayudar a cortar madera en la caseta?

Sí, claro, dijo Huw. Pero tengo que llegar a casa antes de la comida, para ver a los del coro del sur antes de que se vayan.

Vale, entonces vamos.

Caramba, sí que son simpáticos los dos tipos del coro del sur que se han quedado a dormir en casa, dijo Huw mientras subíamos el monte. Mira lo que me ha regalado uno de ellos.

Rebuscó Huw en el bolsillo y se sacó una navaja que era una barbaridad de buena, no como la que me había dado Humphrey de la Casa de Arriba hacía una eternidad, sino una negra con dos hojas, una grande y otra pequeña, las dos tan afiladas como cuchillas.

Pues sabes qué, que no se están muriendo de hambre como creíamos anoche, dijo Huw. Mi madre les había hecho una cena de campeonato para los dos, pero no es que comieran mucho que digamos.

Dios mío, pues sí que se merecían una cena como Dios manda después de cómo cantaron.

Contar historias es lo que hicieron, en vez de comer. Y después de la cena los dos estuvieron horas y horas cantando con nosotros.

¿Y por qué están en huelga?

Porque quieren más paga. Y le contaron a mi padre que ahora les dan el doble de lo que gana él, y que seguro que les dan el aumento y que la huelga se acabará en menos de una semana.

¿Y tu padre qué dijo?

Ah, pues se limitó a escuchar sin decir nada. También nos contaron lo bonito que es vivir en el valle de Rhondda, donde ellos trabajan, y que todos los sábados por la tarde van a Cardiff de compras con sus mujeres, igual que vamos nosotros por la calle principal, y que también pueden ir a ver al Cardiff City.

Swansea está también al sur, ¿no, Huw?

Sí. También nos contaron que es un sitio bonito.

¿Mejor que Beaumaris?

Sí, y mucho más grande. Casi tanto como Liverpool.

No puede ser, chaval.

Por lo menos, eso es lo que nos contaron anoche. Dios mío, la gente se va a quedar pasmada cuando se entere de lo de Will Ellis el Porteador. ¿Qué crees que va a decir tu madre?

Ni idea, chaval.

Pero cuando llegamos a casa mi madre no estaba. Había dejado la llave debajo del felpudo, como hacía cuando salía, para que yo pudiera entrar si llegaba antes que ella. Huw y yo cruzamos la casa hasta la caseta del fondo.

Mira qué filo más bueno tiene esta navaja, dijo Huw sentado en un taburete y tallando un trozo de madera mientras yo cortaba troncos con una hacha. A saber por qué se ha matado Will Ellis el Porteador.

Seguro que se ha vuelto loco, dije.

¿Por qué crees tú que se vuelve loca la gente?

Pues porque se descontrolan.

¿Y por qué se descontrolan?

Pues por un montón de cosas. Igual que cuando tú y yo perdemos la chaveta a veces, solo que ellos la pierden más. Mira lo chiflado que estaba el tío Owen de Moi.

Sí, pero era bueno con Moi.

Pero también estaba siempre borracho. Mira, Huw, es que la gente borracha está medio loca.

Pues sí que me alegro de que mi padre no se emborrache. ¿Te acuerdas de la pelea esa, a la salida de La Campana Azul hace una eternidad, entre Owen Morris de Llan y Bob Roberts de Ceunant?

Claro, chaval. Esos dos también se habían vuelto chalados por la bebida. Pero Will Ellis no se emborrachaba.

No, es verdad. A ese le daban ataques.

Y no sabía lo que se hacía cuando le daba un ataque. Seguramente se mató en medio de uno.

Podría ser. ¿Sabes quién vino anoche a casa mientras cantábamos con el coro del sur?

¿Quién?

El tío Will.

Qué dices, chaval.

Sí, y borracho que iba. Pero mi madre no le dejó que se quedara. Le dijo que nos dejara en paz, igual que la vez anterior. Estaba blanca y temblaba como una hoja cuando llegué anoche a casa. ¿Y sabes qué he estado pensando, Huw?

¿El qué?

¿No se lo dirás a nadie?

No, de verdad, palabra.

Se me ha ocurrido que el tío Will mató a Will Ellis el Porteador mientras estaba borracho.

Cielo santo, ¿será posible?

Es que es muy bruto, Huw.

Si ha sido él, lo ahorcarán.

Pues mira, él se lo habrá buscado.

¿Dónde crees que lo colgarían? ¿En la cárcel de Caernarfon o en Liverpool? En Liverpool hay una grande.

No sé qué diría mi madre.

No puede ser, te lo estás imaginando. A Will Ellis el Porteador le dio un ataque, estoy seguro. Cielo santo, me tengo que ir ya o me voy a perder a los del coro del sur. Nos vemos esta tarde al final de Lôn Newydd, después de la merienda. Hasta luego.

Hasta luego, Huw.

Cuando acabé de cortar madera, salí y llamé donde los vecinos para ver si estaba mi madre con ellos.

¿Está aquí mi madre?, dije cuando Grace Evans abrió la puerta.

No, tesoro, dijo. Pero esta mañana he visto que subía monte arriba. ¿Has comido algo?

Sí, gracias, señora Evans, le mentí.

Seguro que el dichoso Will Ellis el Porteador os ha dado un buen susto en la escuela, pobres criaturas. Menudo fulano, a quién se le ocurre.

Entonces, ¿se ha enterado?

Sí, el muchacho del carbón me lo ha contado hace un rato al pasar por aquí.

A lo mejor mi madre está en la Casa de Arriba. Voy a echar un vistazo.

Sí, ahí estará, ya lo verás.

Pero no estaba tampoco en la Casa de Arriba. Y Lisa de la Casa de Arriba dijo lo mismo que Grace Evans, que había visto a mi madre por la ventana subiendo el monte.

Así que volví a casa y puse la sartén al fuego para calentar el guiso de verdura y carne. Puse también un mantel en la mesa y los platos y los cuencos y las cucharas, para preparar la comida. A lo mejor madre se ha ido a Tal Cafn a traer leche, para que cenemos patatas con leche, pensé. Pero también eso sería raro, porque normalmente soy yo quien trae la leche de Tal Cafn después de buscar el rebaño. O a lo mejor ha ido a casa de la abuela y se ha quedado a comer con ella.

En cualquier caso, después de esperar una eternidad mientras hervía el guiso, comí yo solo y luego me senté en la mecedora a leer *El progreso del peregrino*. Dios mío, era un libro maravilloso con unas estampas muy buenas. En aquel tiempo lo acababa de empezar a leer en serio, en vez de únicamente mirar las estampas, esa tarde llegué a la historia en la que el cristiano llega al Palacio Hermoso y pasa junto a los dos leones de la puerta. Pero ya me había comido dos cuencos de guiso y, cuando el cristiano pasa junto a los dos leones, me quedé profundamente dormido en la mecedora. Y en vez de ver el Palacio Hermoso, vi nada más y nada menos que la cárcel de Caernarfon.

Habían atrapado al tío Will, en mi sueño, después de que le rajara la garganta a Will Ellis el Porteador, y lo iban a colgar en Caernarfon ese día, y a mi madre y a mí nos habían dejado ir a Caernarfon para verlo. Venía a buscarnos por la mañana el automóvil del padre de Davey el Tendero de la Esquina y, al subir el monte, el padre del Pequeño Will el del Policía iba sentado delante con el conductor y nos acompañaba hasta Caernarfon mientras mi madre y yo íbamos detrás. Y al llegar a Caernarfon se paraba el automóvil a la puerta de un gran castillo.

No, esto no es un castillo, decía el padre del Pequeño Will el del Policía, esto es la cárcel de Caernarfon. Pasen.

Y entrábamos por un pasadizo largo y estrecho que no tenía alfombras, mientras los hombres que estaban en la cárcel nos miraban por los barrotes de ambos lados, igual que los monos en el espectáculo de fieras, hasta que llegábamos al final del pasadizo y cruzábamos otra puerta. Y ahí estaba, de pie con una cuerda en torno al cuello y el verdugo al lado.

Siéntense aquí, decía el padre del Pequeño Will el del Policía, que nos daba una silla a cada uno, y el tío Will nos gruñía y no decía ni palabra.

Es la hora, decía la voz del verdugo. Una…, dos…, tres. Y la trampilla se abría y por ella desaparecía el tío Will con la cuerda en torno al cuello, sin decir palabra.

Le está bien empleado, decía yo.

Pero mi madre se sacaba el pañuelo y lloraba. Después de todo era mi hermano, háganse cargo, decía mientras se secaba los ojos.

Entonces el padre del Pequeño Will el del Policía nos llevaba a comer a un sitio grande lleno de mesitas e impregnado del olor a patatas con carne. Una señora muy simpática se acercaba a nosotros y nos preguntaba qué queríamos. Patatas con carne, decía mi madre, y la señora volvía sonriendo de oreja a oreja con dos grandes platos rebosantes de patatas con carne. Dios mío, y qué buena estaba la comida. Pero mi madre estaba afectada y seguía llorando durante el regreso a casa en el automóvil, mientras yo seguía diciendo: Si no pasa nada, madre. Y me estaba devanando los sesos para lograr que dejase de llorar cuando me desperté en la mecedora, y *El progreso del peregrino* se había caído al suelo.

La lluvia caía a cántaros tras la ventana y había rayos, y cuando miré la hora eran las cuatro pero mi madre no había vuelto, y yo temblaba como una hoja, me asustaba estar solo en casa. Pero de repente dejó de llover y en dos minutos lucía el sol. Voy a salir, a ver si encuentro a Huw al final de Lôn Newydd, dije, y luego me acerco donde la abuela a ver si mi madre está allí.

No podía ni imaginarme lo que me iba a contar Huw cuando lo encontré al final de Lôn Newydd.

Cielo santo, chaval, mi madre se ha quedado pasmada al enterarse de lo de Will Ellis el Porteador, dijo Huw.

Ya me lo imagino. Mi madre aún no lo sabe porque no ha vuelto a casa. Voy a subir donde la abuela a buscarla. Seguro que está allí. ¿Subes conmigo a dar un paseo por Lôn Newydd?

Claro, vamos. ¿Te acuerdas de esos dos señores del coro del sur que estaban durmiendo en casa? Cuando llegaron a comer traían buenas noticias. El coro acababa de recibir un telegrama que decía que se ha acabado la huelga y que volviesen rápido.

No me digas.

Sí. Además, mi padre no ha ido hoy a la cantera, ha ido con los dos y con los demás a la capilla de Salem, donde iban a reunirse todos para ensayar. Ahí es donde estaban cuando llegó el telegrama. ¿Y sabes qué ha dicho cuando ha vuelto a casa con ellos?

No, ¿qué?

Dios mío, chaval, a mi madre y a mí casi nos ha dado un ataque.

Pero ¿qué es lo que ha dicho?

Que se iba con ellos al sur a trabajar en las minas de carbón.

No puede ser. Pero ¿lo decía en serio?

Sí. Mi madre se ha quedado mucho rato disgustada y han estado discutiendo toda la comida. Y al final han sido los dos del sur los que la han convencido. Dios mío, qué simpáticos son esos tipos. Además, mi padre ganará el doble de dinero que en la cantera. ¿Y sabes qué más?

No.

Para entonces ya habíamos llegado al cruce, Huw tenía que bajar hacia el puente de los Establos y yo subir hacia Allt Bryn, donde la abuela. Así que nos paramos un momento al lado del seto para seguir hablando.

Quiere que me vaya con él, dijo Huw mientras miraba el campo por encima del seto.

¿Tú, Huw?, dije, y me vino una sensación extraña.

Sí, dijo Huw mientras seguía mirando el campo.

¿Y dejarán que te vayas del colegio?

Sí, por lo que dice mi padre. Cielo santo, mira, un conejo.

Y había un conejo quieto en medio del campo mirándonos fijamente con las orejas hacia arriba.

Es una pena que no tenga una pistola, dijo Huw.

¿Podrás trabajar en las minas de carbón, Huw?

Sí, seguro que no hay problema.

Dios mío, cuando vuelvas, vendrás hablando como Johnny del Sur.

No voy a volver.

Ahí nos quedamos los dos apoyados en el seto, mirando fijamente al conejo, y yo oía la voz de Huw como si él estuviera en un túnel enorme con eco y siguiera diciendo: No… voy… a… volver. Y ninguno añadió nada.

¿Qué va a hacer tu madre sin vosotros dos?, dije al fin.

Bueno, conseguiremos una casa en el sur y entonces se vendrá con nosotros.

¿Cuándo te vas, Huw?

Mañana por la mañana, en el tren que pasa por la estación a las ocho.

¿Mañana?

Sí.

Entonces, ¿mañana no vas a clase?

Pues no.

Entonces, ¿ya no te veré nunca más?

Te escribiré cuando llegue allí y empiece a trabajar. Te lo contaré todo, con todos los detalles.

Dios mío, que no se te olvide, por favor.

Claro que no. Ahora es mejor que me vaya. Tenemos que hacer mucho equipaje. Hasta luego, chaval, de verdad que te escribiré. Y no te olvides de escribirme tú.

Te escribiré, Huw. Bueno, adiós.

Y estuvimos mucho rato estrechándonos la mano, sin dejar de pedirnos que no se nos olvidara escribir, luego Huw volvió cuesta abajo al puente de los Establos y yo emprendí el camino a casa de la abuela. Pero después de dar un par de pasos, me giré para contemplar otra vez a Huw antes de que desapareciera. Y él también se había dado la vuelta y volvía corriendo hacia mí.

Oye, dijo cuando me alcanzó. Quédate con la navaja que me regalaron los del coro del sur. Mira, tiene un filo buenísimo.

Dios mío, Huw, gracias, dije. Oye, quédate tú esta navaja mía. Es solo de juguete, pero te divertirás mucho con ella.

Seguro que sí, chaval. Bueno, pues adiós.

Adiós, Huw. No te olvides de escribirme.

Y entonces nos dimos la mano y Huw fue bajando muy lentamente hacia el puente de los Establos y yo me quedé observándolo hasta que desapareció. Entonces me puse a subir muy despacio por el Allt Bryn.

Mañana por la mañana será raro estar en clase sin Huw, dije, y se me empezaron a ocurrir toda clase de cosas mientras subía el monte. Y si se mata en las minas de carbón. Entonces no lo veré nunca más. Pero a lo mejor después de hoy ya no lo vuelvo a ver de todas formas. Entonces me di cuenta de que ninguno había dicho quién iba a escribir primero, e iba a regresar corriendo para preguntárselo, pero se había alejado demasiado. Mañana no voy a clase. Voy a hacer novillos, dije. No podía soportar estar allí sin que Huw estuviera también. Escribirá él primero, claro, porque yo no sé dónde tengo que mandar la carta. Además, el sur queda muy lejos. ¿Ahora qué hago? Huw y Moi ya no están y me he quedado completamente solo. Dios mío, qué desgraciado me sentía cuando llegué a casa de la abuela.

Pero las cosas se pusieron aún más feas cuando miré por la ventana y vi a la abuela sola, sentada en una silla con las gafas sobre la nariz y leyendo la Biblia.

Hola, abuela, soy yo, dije después de llamar a la puerta y entrar. ¿Ha pasado madre por aquí?

Pues no, muchacho. No se ha acercado un alma en todo el día.

Entonces, ¿no se ha enterado de lo de Will Ellis el Porteador?

¿Enterarme de qué?

Se ha suicidado.

Por amor del cielo, no es posible. ¿Dónde?

Detrás de la escuela. He sido yo quien lo ha encontrado esta mañana, tirado en el suelo con la garganta rajada. Y Price el Maestro nos ha mandado a todos a casa. Pero cuando he llegado, madre no estaba.

¿No ha vuelto a casa desde la mañana?, dijo la abuela cerrando la Biblia y poniéndose en pie mientras me miraba de un modo extraño.

No. Tampoco estaba donde Grace Evans ni donde Lisa de la Casa de Arriba, y las dos la han visto esta mañana subiendo el monte. Pero seguro que ya ha vuelto a casa.

Será mejor que te acompañe, dijo la abuela, y fue a por el sombrero y el mantón. Espera, que no tardo nada.

Y allá que nos fuimos la abuela y yo, otra vez a casa. Dios mío, y fue una suerte que la abuela me acompañara, porque no sé lo que habría hecho si hubiese entrado yo solo y la hubiera visto como la vi. También fue una suerte que la abuela entrara primero, porque me hubiera llevado una impresión todavía más fuerte que cuando vi a Will Ellis el Porteador tirado en el suelo del servicio con la garganta rajada. Porque allí estaba mi madre sentada, sin el sombrero, con el pelo todo revuelto y el abrigo todavía puesto y calada hasta los huesos.

¿Qué tiene, madre? ¿De dónde viene?, dije, y corrí a besarla. Pero no advirtió mi presencia, se limitó a atravesarme con la mirada de sus ojos como agujas de acero, igual que aquella otra noche, mientras murmuraba algo y le soltaba toda una regañina a alguien que ella creía que estaba detrás de ella.

Ve donde los vecinos y pídele a Grace Evans que venga enseguida. Tu madre no se encuentra bien, dijo la abuela mientras se quitaba el sombrero y el mantón. Salí como un rayo. Los vecinos acababan de terminar la comida de la cantera.

Tú espera aquí, muchacho, dijo Grace Evans cuando se lo conté. Ellis, prepárale un té. Y en ese plato tienes algo de pan con mantequilla. Vuelvo pronto.

Era un tipo callado, Ellis Evans, siempre con la nariz metida en el periódico. Así que después de servirme un té se sentó y volvió al periódico. Yo engullí el pan con mantequilla.

Tenía una pinta horrible, dije.

¿Quién tenía una pinta horrible?, dijo.

Mi madre.

Es una flojera que le ha dado, eso es lo que es. Lleva mucho tiempo sin levantar cabeza, eso dice mi Grace.

¿Se ha enterado de lo de Will Ellis el Porteador?

Cristo bendito, sí. No me ha sorprendido nada cuando me lo ha contado mi Grace. Siempre fue raro, el Will Ellis. Y esos dichosos ataques suyos eran cada vez peores. ¿Cuántos años tenía, lo sabes? Debía de rondar los cincuenta. La semana que viene el periódico lo contará todo.

Bueno, mejor que me vaya por si hay que llamar al doctor o cualquier cosa.

No, muchacho. Tú te quedas aquí hasta que vuelva Grace. Ella dirá qué es lo que hay que hacer. Come otra rebanada de pan con mantequilla.

Para entonces eran ya las siete, seguía lloviendo a cántaros y había oscurecido pronto por la tormenta. Dios mío, pensé que los vecinos eran muy afortunados. Un fuego de campeonato que chisporroteaba, la tetera con su cancioncilla en la cocina, el gato sentado frente al parachispas sin dejar de ronronear y Ellis Evans en la butaca leyendo el periódico en calcetines mientras un agradable olor a tabaco salía de la pipa.

Dios mío, la señora Evans lleva mucho fuera, dije. A lo mejor debería volver ya.

No, lo mejor es que te quedes, como ha dicho. Ya no puede tardar mucho.

Bueno, dije. Pero ahí sentado a la mesa cada minuto parecía una hora, mientras intentaba que cada trozo de pan con mantequilla durara lo más posible y escuchaba el péndulo del reloj que iba y volvía haciendo tic… tac… tic … tac, como si en todo el día no hubiera pasado nada.

Ya puedes volver, chiquillo, dijo Grace Evans cuando al fin llegó. Tu madre está en la cama y quiere verte. Después baja a buscar al doctor Pritchard, y debes decirle que tu madre está muy enferma, y que tu abuela y ella quieren que vaya. ¿Lo has entendido bien?

Sí, señora Evans.

Conque salí por la puerta en un abrir y cerrar de ojos. Y estaba madre echada en la cama, blanca como la cal, mirándome de una forma extraña sin decir nada. Y la abuela estaba en la habitación con ella.

¿Te ha contado Grace Evans lo que debes decir?, dijo la abuela.

Sí. Ahora voy.

Y por la puerta que salí a buscar al médico bajo la lluvia, con los pies completamente empapados porque me calaban los zapatos y el agua había traspasado el papel de estraza.

Tuve que esperar mucho para que me atendiera el doctor Pritchard porque había mucha gente enferma antes que yo esperando a verlo. Cuando me atendió y volví a casa eran ya las nueve. Y la abuela estaba en la cocina fregando los platos.

El doctor Pritchard dice que se pasará entre las diez y las once, dije.

Muy bien, dijo la abuela. Ahora tu madre duerme. Deberías irte también a la cama o no te podrás levantar mañana. Yo me quedo aquí esta noche. Toma, bebe esto antes de subir.

Puso unos polvos en un vaso, le echó agua caliente de la tetera y después lo removió con una cuchara.

Ahora bébetelo de un trago, dijo.

Puaf, ¿qué era eso?, dije después de bebérmelo. ¿Asafétida?

No, una medicina por si te resfrías. Ahora, deprisita a la cama.

Y arriba que me fui y me acosté enseguida, en cuanto me sequé los pies. Eché un vistazo por la claraboya y vi la luna ahogada en nubes; al momento entré en un sueño muy muy profundo.

14

Lo primero que vi al despertarme y abrir los ojos la mañana siguiente fue una araña en la claraboya que intentaba salir por la ventana, pero estaba cerrada. Estaba ahí recorriendo el cristal cabeza abajo, andaba un poco y se caía, volvía a subir, andaba y se volvía a caer. Pero nunca llegó a caer hasta el suelo porque había un hilo como una goma elástica que la sujetaba cuando caía y así es como volvía a subir a la ventana cada vez.

Acababan de dar las seis y estaba a punto de salir a buscar el rebaño de Tal Cafn. De pronto, mientras estaba ahí tumbado y miraba la araña, me acordé de lo de Huw. Dentro de menos de dos horas, Huw ya habrá emprendido el viaje al sur y a lo mejor no lo vería nunca más. Y no podía ir a la estación para verlo después de recoger el rebaño porque mi madre estaba mala.

Dios mío, es verdad, está también lo de madre. Se me había olvidado lo suyo. Tan profundamente había dormido, después de los polvos esos que me había dado la abuela, que se me había olvidado todo y no había soñado nada en toda la noche. Pero Dios santo, con lo que había soñado por la tarde ya tenía suficiente para toda la vida. A veces se tienen sueños de cosas del pasado, como el que tuve con ese ángel del bigote negro después de ver la foto del tío Harry cuando estaba en la cama de Guto. Pero a veces se tienen sueños de cosas del futuro, como el que tuve en que íbamos todos a Caernarfon en el automóvil para ver cómo ahorcaban al tío Will, con el padre del Pequeño Will el del Policía sentado delante junto al conductor. Ni podía sospechar lo pronto que el sueño se iba a hacer realidad.

En casa había un silencio sepulcral cuando salí de la cama y me vestí para buscar el rebaño. Cuando bajé al piso inferior y abrí la puerta para salir, me llegó el maullido de un gato. Se han debido de dejar fuera toda la noche al gato de Grace Evans, dije. Entonces volví y pegué el oído a la puerta del dormitorio de mi madre, donde dormían ella y la abuela, y era de ahí de donde salía el maullido. No ha sido para nada el gato de Grace Evans, dije. Es mi madre, que llora mientras duerme. Salí cerrando la puerta a mi paso con mucho cuidado.

Chispeaba y parecía que iba a llover todo el día. La cima del Nant Ycha estaba tan negra como la noche y las nubes recordaban el vapor que sale de una bañera llena de agua hirviendo. Pero en la cima del Foel ya era de día, mientras la niebla subía del suelo y escalaba poco a poco la ladera de la montaña, como si estuviera cansada. Tengo que llevar hoy los zapatos a Cwt Crydd a que me los arreglen, dije, pero me gustaba sentir la llovizna que me lavaba la cara, porque no me había lavado antes de salir. Después de cruzar el campo de las Patatas de Gorlan, me subí al muro del campo de Maíz para ver si había setas. Y sí que había, esparcidas como manchas blancas, como si las gallinas de Tan Fron se hubieran dedicado toda la noche a poner huevos. Dios mío, voy a llenar una gorra con setas en el camino de vuelta, dije mientras bajaba del muro. Y fue precisamente lo que hice.

La abuela ya estaba levantada cuando volví, con la tetera al fuego.

Mire cuántas setas he traído en la gorra, abuela, dije. ¿Cómo está madre hoy?

Está durmiendo. Ni se te ocurra ir a la habitación a molestarla, dijo la abuela. Prepara esas setas para que las fría, después desayunas.

¿Vino anoche el doctor Pritchard?, dije desde la trascocina mientras lavaba las setas.

Sí.

¿Qué dijo?

Te lo digo enseguida. Espérate a que esté el desayuno.

Abuela, hoy no quiero ir a clase. Prefiero quedarme en casa a echar una mano.

Sí, es mejor que no vayas hoy. Hay mucha tarea.

La abuela estuvo una eternidad sin decir nada cuando nos sentamos a la mesa a desayunar. Continuamente se levantaba y se sentaba para hacer algo, cortar el pan o llenar la tetera o avivar las brasas. Era como si no pudiera estarse quieta ni un minuto, y no decía ni palabra.

Dios, sí que están buenas estas setas, dije al fin. ¿Está muy enferma madre?

Sí. No anda nada bien.

¿Cuándo dice el doctor Pritchard que se podrá levantar?

Entonces se hizo un silencio que duró un rato. Luego la abuela se levantó otra vez de la mesa, se dirigió al fuego y puso la tetera sobre él. Entonces se dio la vuelta para mirarme y me dijo: Escucha, tu madre se va a despertar en nada y hay mucha tarea. El doctor Pritchard dice que hay que llevarla al hospital y tú tendrás que ir con ella.

¿Cómo van a llevársela al hospital si está enferma en la cama? ¿Va a venir una ambulancia a buscarla?

No. Va a venir el automóvil de la Tienda de la Esquina.

¿El automóvil de la Tienda de la Esquina?

Sí, muchacho. Mira, ahora has de ir donde los vecinos. Ellis Evans no ha ido a la cantera hoy, te dirán Grace Evans y él lo que hace falta que hagas. En marcha, chico, que yo voy al dormitorio a ver si tu madre se ha despertado. Sal donde los vecinos.

Aunque la abuela me hablaba de forma más suave que de costumbre, había algo en su voz que me hizo quedarme con la boca callada y obedecer, sin preguntar nada más. Y no hizo ninguna falta preguntar nada cuando llegué donde los vecinos. Allí me enteré de más cosas de las que quería saber.

Pasa, cariño, dijo Grace Evans cuando llamé a la puerta, y me hablaba con una suavidad mucho mayor de lo habitual, igual que la abuela.

Acércate al fuego, dijo Ellis Evans en calcetines y a punto de encender la pipa de después del desayuno. ¿Has comido ya algo?

Sí, gracias, dije. Un enorme plato de setas del campo de Maíz de Gorlan.

¿Cómo se encuentra hoy tu madre?

Estaba durmiendo cuando he salido. La abuela dice que no anda nada bien y que se la van a llevar al hospital. Pero se la van a llevar en el automóvil de la Tienda de la Esquina, aunque yo digo que por qué no va en ambulancia si es que está tan mala.

Tienes razón, chiquillo. De eso te queríamos hablar, dijo Grace Evans mientras acercaba una silla de la mesa al fuego. ¿Tú quieres irte con ella, verdad?

Eso es lo que ha dicho la abuela. Pero ¿por qué se la llevan en el automóvil de la Tienda de la Esquina si es que está tan mala?

No está mala de la forma que te imaginas, cariño, dijo Grace Evans.

Le ha dado como una flojera, dijo Ellis Evans mientras echaba el humo del tabaco por la chimenea y acariciaba la pipa con el pulgar.

Serán muy buenos con ella.

Y la cuidarán como Dios manda.

Seguro que mejora enseguida.

Además, tampoco pasará mucho tiempo allí.

Y así siguieron durante una eternidad, uno detrás del otro, hasta que la cabeza me daba vueltas. No entendía de qué estaban hablando hasta que pregunté: Entonces, ¿es que se la llevan a Bangor?

Bueno, no, dijeron los dos a la vez. Ellis Evans tosió y carraspeó después de echar algo más de humo por la chimenea. Entonces puso la mano en la rodilla de Grace Evans y se volvió hacia mí.

¿Sabes dónde fue ayer tu madre?, dijo.

No.

Bueno, pues por lo que cuentan se fue monte arriba por la mañana y se pasó todo el día deambulando por la ladera del Foel.

Por el amor de Dios, si estaba lloviendo a cántaros.

En efecto. Robin Gorlan la vio pasar por Tal Fron sobre las doce, y Owen Gorlan vio también a una mujer por Pen y Foel sobre las tres de la tarde. Estaba demasiado lejos para reconocerla en condiciones, pero jura que era tu madre.

Por el amor de Dios, repetí, y me puse a temblar como una hoja.

¿Quieres un té?, dijo Grace Evans. Todavía queda en la tetera para una taza, ven.

No, gracias, no. ¿Que pasó luego?

Pues nadie lo sabe seguro, dijo Ellis Evans mientras daba golpecitos con la pipa en la esquina de la chimenea. Pero la siguiente vez que la vieron, iba bajando Allt Bryn, más allá de los Calabozos.

¿Qué hora era entonces?

Probablemente serían las cinco. ¿Y sabes qué hizo entonces?

No.

Tiró una piedra por la ventana de los Calabozos.

¿Quién? ¿Mi madre?

Sí.

No.

Sí, de veras.

No, están de broma.

Es tan cierto como que estoy aquí sentado.

Y aunque temblaba como una hoja, empecé a reírme a carcajada limpia mientras ambos me miraban sin quitarme ojo.

Dios mío, es que no me puedo parar de reír, dije. Que mi madre, precisamente madre, haya tirado una piedra a la ventana de los Calabozos…

Bueno, pues eso fue lo que pasó, dijo Ellis Evans. Y mi Grace la vio yendo monte arriba sobre las cinco y media, con una pinta que Grace salió a ver si podía hacer algo. Pero tu madre discutía con alguien diciéndole cosas feísimas, vamos, y comentaba algo de tu tío Will, ¿no es así, Grace?

Sí, dijo Grace Evans. Cuando he ido luego a preguntar si podía ayudarla en algo, se metió en casa y me dio un portazo en la cara.

La verdad es que lleva días hablando raro, dijo Ellis Evans.

Ah, ¿en serio?

Cuando subía el monte, dijo Grace Evans, lo que iba diciendo es que a tu tío Will lo habían colgado en los Calabozos.

Dios mío, mi sueño se está cumpliendo.

¿Qué sueño, muchacho?

No, nada.

Y de repente lo entendí todo.

Pretenden llevársela, ¿no?, dije mirando el fuego. Aunque nadie pronunciaba las palabras, estas me cruzaron velozmente la cabeza como el trenecito de la cantera. Denbigh. El manicomio. Se llevan a mi madre al manicomio, al manicomio, al manicomio. Emyr, el hermano mayor del Pequeño Owen el Carbones. En el ataúd con la boca abierta de par en par. Hecho una pena. Emyr sediento. Serán muy buenos con ella. Le ha dado una flojera. Han ahorcado a tío Will. Una garganta de la que brota sangre. El manicomio. El manicomio. El manicomio.

Bebe esto antes de que se te enfríe, muchacho.

No, gracias, señora Evans. No me entra. Mejor me voy, a ver si se ha levantado.

Para entonces ya había empezado Ellis Evans a ponerse las botas. Al acabar se levantó, vino a mí, me puso la mano en el hombro y me llamó hombrecito por primera vez en mi vida.

Escucha, hombrecito. Es este un tiempo de dificultades para todos nosotros, pero sabes que hemos de aceptar lo que nos asigne Dios. Y debemos ponerle al mal tiempo buena cara.

Ellis, no asustes al chico, dijo Grace Evans. Su madre anda un poco debilucha ahora mismo, nada más. Seguro que en dos semanas ha vuelto a casa como nueva, mientras todos la cuiden como debe ser.

Grace, tú déjame hablar, dijo Ellis Evans muy cortante, luego se volvió hacia mí. Haremos todo lo posible por ayudar, pero ahora debemos contar contigo.

Yo haré todo lo que haga falta.

Así se habla. El automóvil de la Tienda de la Esquina estará a las nueve y media al final del monte, tú tienes que llevar a tu madre monte abajo hasta allá. A lo mejor no le entusiasma mucho la idea, pero tienes que convencerla.

Sé cómo hacerlo.

Muy bien, muchacho. Ahora ve. Son las nueve y cuarto.

De acuerdo.

Y dile a tu abuela que venga en cuanto te vayas.

Lo haré, señora Evans, dije, y salí.

Hola, madre, ¿se encuentra mejor?, dije con voz fuerte cuando entré en casa. Ahí estaba, sentada en la mecedora, vestida, mientras la abuela barría la esquina de la chimenea y sacaba la tetera del fuego. Pero mi madre no dijo nada, solo me miró como si viniera de robar manzanas.

Dios mío, qué desayuno más bueno me ha hecho la abuela, dije luego, como si no pasara nada. Un plato enorme de setas.

¿De dónde vienes?, dijo mirándome con sus ojos como agujas de acero.

De traer el rebaño y luego de donde los vecinos a ver si Grace Evans necesitaba algo. Huw y su padre se han ido al sur en el tren de las ocho y yo no voy a ir hoy a la escuela. Nos vamos usted y yo a dar una vuelta en el automóvil de la Tienda de la Esquina porque estamos de fiesta. Así que póngase su mejor sombrero, madre.

Sí, ponte ese sombrero negro, dijo la abuela.

Ella se levantó sin abrir la boca y se fue al dormitorio a coger el sombrero.

La abuela corrió a la ventana y miró al exterior.

Ya están aquí, me dijo por lo bajo.

Estoy lista, dijo madre mientras salía del dormitorio con su mejor sombrero.

Entonces nos vamos, dije cuando me puse el abrigo y cogí la gorra de la trascocina.

Grace Evans quiere que pase usted un momentito por su casa, le dije a la abuela mientras salíamos y ella estaba en la puerta para vernos bajar el monte.

Seguía chispeando, yo llevaba a madre del brazo por si se resbalaba, mientras pensaba en la primera vez que habíamos bajado juntos aquella cuesta, hacía una eternidad. Esa vez era ella la que me llevaba del brazo. Era un día de frío espantoso, a mitad de invierno, y todo estaba helado como un témpano y yo volvía al colegio después de haber estado malo con un resfriado. Y el monte brillaba como el cristal mientras andábamos al lado del muro por si nos caíamos al suelo. Mi madre iba agarrada al muro y yo me agarraba a su brazo. Ambos nos habíamos puesto calcetines por encima de los zapatos, para no resbalarnos. Pero yo me caí dos veces, y mi madre me recogió cada vez que me caí.

Por amor de Dios, mi sueño se está cumpliendo otra vez, me dije, y apreté aún más fuerte el brazo de mi madre cuando llegamos al final del monte y vimos el automóvil de la Tienda de la Esquina.

Sentado en el asiento al lado del conductor, con ropa de paisano, estaba nada más y nada menos que el padre del Pequeño Will el del Policía, y el padre del Pequeño Davey el Tendero de la Esquina estaba de pie al lado del coche sosteniéndonos la puerta y con una sonrisa de oreja a oreja.

Aquí estamos al fin, dijo. Espero que no os hayáis mojado. Vaya un tiempecito más regular que nos hace, ¿eh?

En el coche que nos metimos, y el padre de Davey el Tendero de la Esquina nos cerró la puerta y volvió al frente del automóvil, al asiento del conductor al lado del padre del Pequeño Will el del Policía. Y sentada detrás con nosotros, en un extremo, iba nada menos que una señora a la que no había visto nunca. Yo también voy con vosotros, dijo sonriéndonos con simpatía.

Entonces madre se echó a reír a carcajadas. ¿Qué quieres hacer con nosotros, condenado liante?, le dijo al padre del Pequeño Will el del Policía. Has sido tú el que ha colgado a mi hermano Will, ¿verdad?

Él no respondió. Se limitó a girar la cabeza hacia nosotros con media sonrisa. Luego todos nos quedamos callados mucho rato, y el automóvil iba como una centella. La única que decía algo era mi madre, que hablaba sola o con alguien que ella pensaba que estaba detrás de ella, y se reía y discutía alternativamente.

Dios mío, madre, sí que cantan bien esos del sur, dije al fin. No los oyó el domingo por la noche cuando cantaban por el lado del promontorio, ¿verdad? Dios mío, aquello fue igual que el Avivamiento, todo el mundo que cantó y no podía parar, tan exaltados estaban todos. Dios mío, los tendría que haber oído cantar *Aquel que fue crucificado*.

Entonces mi madre se puso a cantar mientras yo le seguía hablando, así que empecé a cantar con ella, mientras el automóvil seguía avanzando a una velocidad de mil demonios.

Dios mío, además mi madre se dejó llevar por la canción mientras yo hacía de bajo porque la voz me había empezado a cambiar. Y los dos de adelante seguían charlando entre ellos sin hacernos ningún caso. Ahí estábamos mi madre y yo, cantando a pleno pulmón:

> *Aquel que fue crucificado*
> *por lavar mis pecados.*
> *Amarga es la hiel del Calvario*
> *que Él bebió al expirar.*

Para entonces, los dos de delante habían dejado de hablar y lo siguiente que oí fue que ambos se ponían a cantar con nosotros, con el padre del Pequeño Will el del Policía haciendo de tenor. Entonces los cinco juntos, también la señora simpática, fuimos cantando:

> *La fuente de Eterno Amor,*
> *ese hogar tranquilo que el espíritu anhela,*
> *acógeme en su Alianza,*
> *en la vida y en la muerte poderoso se revela.*

Entonces el padre del Pequeño Will el del Policía se metió de lleno, todos nos fuimos emocionando cada vez más hasta que casi se me olvidó adónde íbamos. Pero después todos guardaron silencio, y con el ruido del motor me empezó a entrar sueño. Di una cabezada mientras seguíamos en camino y mi madre hablaba sola, y luego reñía con alguien, y luego hablaba sola…

Al fin llegamos ante una puerta grande a un lado de la carretera, en la que el automóvil de la Tienda de la Esquina dio la vuelta para entrar pasando por un camino ancho de gravilla hasta la puerta de un edificio enorme, unas cuatro veces más grande que la capilla de Salem, con escaleras de piedra a cada lado que subían hasta la puerta.

El manicomio, me dije.

El padre de Davey el Tendero de la Esquina vino a abrirnos la puerta del coche mientras el padre del Pequeño Will el del Policía se quedaba en su sitio, sin moverse del asiento. Mi madre temblaba como una hoja al salir del coche, pero no dijo nada, y la señora simpática fue muy cariñosa con ella.

Venga usted ahora conmigo, dijo mientras la tomaba del brazo. Nos vamos a ver al médico y todo irá bien.

Y yo las seguí como un corderito amaestrado.

Había un hombre que llevaba una bata blanca esperándonos a la puerta cuando subimos las escaleras, también él era amable y nos dedicó una gran sonrisa afable al recibirnos.

Pasen por aquí y siéntense mientras voy a buscar a la enfermera, dijo, y nos llevó a la señora simpática, a mi madre y a mí a un sitio parecido a un salón, con muchas sillas contra la pared en una sola fila y, en el centro, una mesa con un florero encima, lleno de flores, y una gran ventana por la que no se podía ver nada a la izquierda, y a la derecha un armario grande con dos puertas. Nos sentamos los tres en las sillas, a esperar.

Esperamos allí mucho rato, y lo único que pasó es que mi madre le dijo a la señora simpática que quería ir al servicio. Véngase conmigo, le respondió muy amable, que le enseño dónde está. Y allá que se fueron dejándome solo.

Entonces un hombrecillo gordo entró y se dirigió al armario sin hacerme ningún caso. Cuando fue a abrir la puerta, estaba cerrada y empezó a buscar la llave en el bolsillo. Primero metió la mano en el bolsillo del pantalón pero no la llevaba ahí, luego en el bolsillo del chaleco y luego en el del abrigo y luego en el de dentro. Pero la llave no debía de llevarla porque volvió a salir, sin abrir la puerta del armario.

Dios mío, era igualito que el tío Will, pensé. Pero me estaba imaginando cosas, claro.

Cuando mi madre y la señora simpática volvieron y se sentaron, una niñita guapa con uniforme de enfermera, más o menos de mi misma edad, entró y nos dedicó una gran sonrisa. Dios mío, sí que era una criaturita hermosa, de pelo rubio y ojos azules y mejillas sonrosadas, y al sonreírnos los dientes le brillaban blancos. Y llevaba en la mano muchas llaves que le colgaban de un trozo de cuerda. Era igualita que la Pequeña Jini de Pen Cae.

¿Me acompaña, por favor?, les dijo a madre y a la señora simpática, sin hacerme ningún caso. Se fueron con ella y yo me quedé donde estaba.

Para entonces empezaba a estar muy animado. No creía que un manicomio fuese un sitio así, me dije. Esperaba ver montones de locos. Y de pronto oí un grito que venía de detrás de la ventana y luego alguien que se echó a reír. Me levanté, fui a la ventana y empecé a pensar en el pobre Emyr. Pero la ventana estaba tapada. Será que alguien está armando escándalo, dije, y volví a sentarme en mi silla.

Después de un rato, volvió a entrar nada menos que el hombrecillo gordo, y se fue directo al armario igual que antes, sin mirarme. Otra vez empezó a buscarse la llave en los bolsillos, solo que ahora la encontró en el bolsillo del chaleco. Después de abrir el armario, empezó a coger toda clase de trastos y a dejarlos en un montón en el suelo. Parecía que buscaba algo que no encontraba. Y despés de sacarlo todo del armario, volvió a meterlo todo muy ordenado y cerró la puerta de nuevo. Luego se guardó la llave en el bolsillo y se dispuso a salir. Pero al llegar a la puerta, se paró y se volvió para mirarme. Entonces se acercó y me miró de una manera muy rara.

¿Sabes quién soy yo?, dijo.

No, no lo sé, dije.

Soy el cuñado de Jesucristo, dijo.

Dios mío, vaya susto me llevé. No sabía qué hacer, si salir corriendo por la puerta o reírme en su cara.

¿Ah, de veras?, dije al fin.

Pero no añadió nada más, simplemente giró sobre los talones y se encaminó de nuevo a la puerta. Y cuando llegó a ella se volvió con una cara de lo más normal y dijo: En la casa de mi Padre hay muchas moradas.

Y se fue.

Yo estallé en carcajadas.

Pero la boca se me cerró de golpe, como una trampa para ratones, cuando entró otro señor en la habitación y se dirigió al armario. Este era alto y delgado y parecía que los ojos se le hundían en la cara. Se limitó a mirar el armario, luego se dio la vuelta y vino donde yo estaba.

¿Has visto al señor que acaba de entrar?, dijo.

Sí, dije.

Pues no vale ni un chelín.

¿Ah, no?

No, en realidad no llega ni a los tres peniques.

Y este también se fue. Me levanté y volví a la ventana y busqué por todas partes por si encontraba un agujero en la pintura blanca por el que pudiera ver algo. Pero no había ninguno y no pude ver nada. Así que volví a sentarme de nuevo y a esperar. Y seguía sonriendo para mí, por lo de los dos señores raros, el bajito y gordo, y el alto y delgado.

Por fin, la señora simpática volvió a entrar, ella sola, llevando algo en la mano.

Esto es para ti, dijo. Te lo tendrás que llevar a casa.

Y me puso un paquetito en la mano, atado con una cuerda.

¿Qué es?

La ropa de tu madre. Esto también. También tienes que llevarte esto.

Y me puso en la otra mano dos anillos. Uno era su alianza, que estaba fina del desgaste, el otro anillo era el que siempre llevaba con la alianza.

Me quedé sin palabras. Me limité a mirar el paquetito en la mano derecha y los dos anillos en la izquierda. E intenté imaginarme cómo habrían metido toda la ropa de mi madre en un paquete tan pequeño.

Y entonces me eché a llorar. No a llorar como cuando años atrás me caía y me hacía daño; ni a llorar tampoco como había hecho en algunos funerales; ni a llorar como cuando mi madre volvió a casa y me dejó en la granja de Bwlch metido en la cama de Guto, hace una eternidad.

Sino a llorar como si estuviera enfermo.

A llorar sin que me importara quién me viese.

A llorar como si el mundo hubiera llegado a su fin.

A llorar con gritos atronadores, sin que me importara quién lo oyese.

Y me alegraba estar llorando, de la misma manera que la gente se alegra cuando canta y otros se alegran cuando ríen. Dios mío, nunca antes había llorado así y tampoco lo he vuelto a hacer desde entonces. Me gustaría mucho poder llorar así otra vez, solo una vez más.

Y seguía gritando y llorando al salir por la puerta y al bajar las escaleras de piedra y al caminar por la senda de grava y al salir por la puerta al camino, hasta que me senté en el camino a un lado de la puerta. Entonces dejé de llorar y empecé a gruñir, igual que gruñe una vaca cuando tiene terneros, y luego volví otra vez a gritar y a llorar.

Ahí estaba, llorando y gruñendo, gruñendo y llorando, cuando el automóvil de la Tienda de la Esquina llegó por el camino donde estaba sentado y salió el padre del Pequeño Will el del Policía y me sentó atrás con la señora simpática. Y cuando llevaba ahí un rato gruñendo, con el auto que iba como una centella, el ruido del motor me hizo dormir profundamente. Y dormí todo el camino a casa.

15

Dios mío, ojalá pudiera tenerla ahora haciéndome compañía, ojalá me estuviera dando la mano mientras yo la rodeaba con un brazo para subir juntos al lago Negro. Si fueran las seis de la tarde en lugar de las seis de la mañana, habría pensado incluso que ahora es aquella tarde. Solo que ahora no me voy a encontrar a la Pequeña Jini de Pen Cae, como hice entonces.

No hacía más que un año que se habían llevado a mi madre, habían empezado las vacaciones de verano y había dejado los estudios, y la abuela quería que fuese a trabajar a la cantera, pero yo no.

Mira, ya va siendo hora de que te busques las habichuelas, me dijo la abuela esa tarde mientras cortaba el pan para la merienda. Ellis Evans dice que mañana puedes ir con él y empezar.

No quiero ir a la cantera, abuela. Preferiría hacer de mozo en alguna granja, como Robin. Me pueden dar trabajo en Tal Cafn si voy a pedirlo. Y si no puede ser, quiero ser marinero como Humphrey de la Casa de Arriba.

Calla, diablillo. Tú y tus marineros. Harás lo que te diga y mañana pronto te irás con Ellis Evans a la cantera, o si no ya me explicarás qué te lo impide.

Eso ya lo veremos, dije, me puse la gorra y me fui dando un portazo.

Salía todas las noches con Robin de Gorlan después de que Huw se fue con su padre al sur. No llegué a recibir ninguna carta de las que Huw me prometió, y todo lo que supimos de él fue que su madre se había ido de la calle del puente de los Establos a vivir al sur con ellos.

Pero Robin no estaba esa tarde en casa y nadie sabía adónde había ido. Así que subí a dar un paseo al camino del Correo. Llegaré hasta el lago Negro, pensé. A lo mejor Robin ha ido allí a pescar.

Pero en lugar de Robin, vi que se acercaba nada más y nada menos que la Pequeña Jini de Pen Cae. Me sorprendí al reconocerla porque lo último que había oído de ella es que se la habían llevado después de que estuviera con Emyr, el hermano mayor del Pequeño Owen el Carbones, en el bosque de Braich. Pero allí estaba, en carne y hueso, con un vestido azul y en la mano un sombrerito azul con cintas blancas, y el pelo rubio que le brillaba al sol. Era igualita que la chica que vi cuando internamos a mi madre, y tenía los dientes todos blancos y relucientes cuando reía.

Hola, ¿cómo estás? Hace una eternidad que no te veo, dijo, y me miraba con risueños ojos azules. ¿Has dejado de estudiar?

Sí, acabo de hacerlo. Vaya, qué casualidad encontrarte aquí.

Estoy en la granja del lago Negro. Oye, qué noche tan buena hace, ¿eh?

Desde luego. ¿Adónde vas?

A dar un paseo, al pueblo. ¿Dónde vas tú?

A dar un paseo, al lago Negro. Bueno, iba.

Conque nos retiramos del camino y nos apoyamos en la valla para contemplar las ovejas que pastaban. Más allá de ese campo había otro, y otro después de aquel. Y el último estaba lleno de juncos que bajaban hasta el río, que fluía lentamente por la llanura y se retorcía como una serpiente, hasta desaparecer a lo lejos en medio del bosque de Braich. Y ahí estaba la montaña, igual que está ahora, alzándose hacia el cielo.

Este campo pertenece a la granja del lago Negro, ¿verdad?, dije.

Sí, y también los otros dos que bajan hasta el río. Todos estos campos que nos rodean pertenecen a la granja del lago Negro, y todos aquellos que suben hasta él.

Dios mío, deben de ser muy ricos los de la granja del lago Negro.

Lo son. Y además son muy buenos. ¿Te quieres venir por los campos a dar un paseo a la orilla del río?

Por supuesto.

Entonces ayúdame a pasar la valla. Si me sujetas el sombrero, la puedo saltar sola.

Muy bien, vamos.

Mientras estaba allí de pie, sosteniendo su sombrero para que no se le cayese, levantó una pierna por encima de la valla y le vi toda la combinación y medio muslo desnudo. Y era tan maravillosa, ahí sentada encima de la valla, mirando desde arriba cómo me reía, con sus ojos azules y los dientes blancos y el pelo que le brillaba al sol.

Ya me puedes dar el sombrero y subes tú, dijo antes de coger el sombrero y bajar al campo de un salto. Y salté tras ella. Esa parte de ahí es preciosa, al lado del río, dijo. Voy allí siempre cuando saco a pasear a Toss.

¿Quién es Toss?

El perro de la granja del lago Negro, quién va a ser.

Entonces, ¿la granja del lago Negro es eso de allí, donde deja de verse el lago?

Sí, ¿es que no lo sabías?

No estaba del todo seguro. Pero estuve una vez, hace una eternidad. Me había perdido buscando arándanos y fui a pedir un vaso de agua. La señora me dio un vaso de leche y una rebanada enorme de pan con mantequilla. Dios mío, es verdad, sí que deben de ser buenos. ¿Cuántos años tiene Toss?

Ah, no es más que un cachorro. Solo tiene seis meses.

Entonces no es el que vi yo esa vez. El Toss aquel tenía catorce.

Sí, es que ese murió.

Los juncos habían crecido mucho por la parte más cercana al río, así que teníamos que tener cuidado por dónde íbamos por si perdíamos la cañada de las ovejas. Pero Jini se orientaba bien y yo no me alejaba de ella. Se iba echando un poquito hacia delante mientras apartaba los juncos y llevaba el pelo recogido en dos trenzas largas que le caían sobre los hombros y el pecho. Y no se había abrochado los dos botones que cerraban el cuello del vestido, y parte de la espalda estaba desnuda. Y le asomaban los volantes de la enagua por debajo del vestido cuando se inclinaba, y desde atrás las piernas se le veían más torneadas que cuando se las había mirado al encontrármela en el camino del Correo. Y su olor maravilloso, junto con el buen olor de la hierba y los juncos, me dificultaban la respiración. Y cuando me pareció que se iba a tropezar, alargué los brazos y la agarré. Cuidado, no te caigas, dije.

Ay, no me hagas cosquillas, y el sonido de su risa lo inundó todo. Y echó a correr hacia la orilla con los dos lazos de su sombrero volando al viento. Corrí tras ella.

Cuando llegamos a un claro a la orilla del río, se tiró al suelo y se tumbó de espaldas, con los dos brazos estirados y el sombrerito azul en la mano derecha y también las dos piernas muy separadas, la falda hasta las rodillas y la enagua al descubierto.

Dios mío, qué calor hace, dijo, y se sopló un mechón de la cara. Ven a tumbarte.

Y me tumbé de espaldas a su lado.

El cielo estaba azul, igual que cuando estuve tumbado de espaldas donde los arbustos de arándanos, en la cima del Foel Garnedd, hace una eternidad. Pero ahora no pensaba en el suelo del cielo. Vi el firmamento lleno de ojos azules que me miraban risueños y todos y cada uno eran los de Jini de Pen Cae. Tampoco había el mismo silencio que en la cima del Foel Garnedd, del río salía un sonido maravilloso como si mucha gente charlase a nuestro alrededor y repitiera lo mismo una y otra vez. Y me acordé del péndulo enorme donde los vecinos, que hacía tic… tac… tic… tac, como si aquel día no hubiera pasado nada. Y me llegaba de al lado la respiración de Jini, exhausta después de correr.

¿Sabes nadar?, dijo al fin.

Claro que sé. Aprendí cuando tenía diez años. Me enseñó a nadar hace una eternidad mi primo Guto, en el lago de los

Remolinos, donde la granja de Bwlch. Dios mío, Guto sí que era un chaval fuerte.

Pero tú también eres fuerte, ¿no?

Sí, bastante fuerte. ¿Sabes tú nadar?

Un poco. Lo bastante para cruzar el río.

Y Jini se incorporó con una brizna de paja entre los dientes.

¿Ves por allí el Pen Rallt Wen, al otro lado del río?

Sí, dije mientras seguía tumbado y contemplando el cielo. Y lo único que distinguía eran los miles de ojos azules que me miraban risueños.

¿Te apuntas a una carrera conmigo cruzando el río hasta subir a Pen Ralle Wen?

¿Y cómo vamos a cruzar el río?

Pues tirándonos, cómo va a ser, y nadando.

¿Y acabar calados hasta los huesos?

Nos quitamos la ropa, claro. Desde el camino del Correo nadie nos puede ver. Nos tapan los juncos.

¿Y subir el Ralle Wen corriendo en cueros?

Pues sí, claro, dijo, se inclinó sobre mí y me puso en la cara las dos manos suaves. Claro que sí, dijo muy despacio. Claro que sí, en… cueros.

Y la abracé y la puse bocarriba y empecé a besarla como si hubiera perdido la razón. Y ella me rodeó el cuerpo con los brazos y me apretó fuerte. Y después de quedarnos así durante mucho tiempo, me soltó y se deshizo de mis brazos. Pero tenía las mejillas coloradas de un rojo de fuego.

Caramba, me habría quedado sin aire antes de llegar a mitad de camino de la cima del Ralle Wen, dijo mientras estábamos ahí tumbados con las cabezas muy juntas. ¿Cuándo has dejado de estudiar?

Ayer, cuando dieron las vacaciones. Me quieren mandar a trabajar en la cantera, pero yo lo que quiero ser es mozo de granja, o si no hacerme a la mar.

¿Por qué no te pones de mozo de granja en la granja del lago Negro? Allí necesitan a uno.

Dios mío, sí. ¿De verdad?

Sí, de verdad.

Entonces podríamos estar juntos todas las noches.

Así es.

Y venir aquí todo el rato.

Así es.

Y echar carreras cruzando el río.

Así es.

Después de quitarnos la ropa.

Sí.

En cueros.

Sí.

Yo desnudándote y tú desnudándome a mí.

Sí.

Como ahora.

Y así.

Y así.

Ella fue la única chica a la que hice mía.

Pero mentían quienes dijeron que yo había arrojado al río a Jini de Pen Cae cuando encontraron su ropa a la orilla. Lo último que recuerdo es que la vi dormida tranquilamente, y me puse a pensar en los momentos en que Price el Maestro se la llevaba por esa puerta del colegio y en Em, el hermano mayor del Pequeño Owen el Carbones, que se la había llevado al bosque de Braich. Y la estaba mirando mientras pensaba que era una criatura hermosísima, y en lo suave que era su pequeña garganta, blanca como el lino, y que sus mejillas eran rojas y calientes como el fuego. Y rodeándole el cuello con las manos y besándola mientras dormía, empezando a apretar.

Era tardísimo cuando llegué a casa esa noche, y la abuela ya se había acostado. Pero yo había decidido lo que iba a hacer. Había decidido que nunca iba a trabajar en esa maldita cantera con Ellis Evans el Vecino. Iba a huir al mar, como hizo Humphrey de la Casa de Arriba con la misma edad que tenía Arthur de Tan Bryn cuando se escapó para alistarse durante la guerra. Si Huw podía irse al sur y conseguir trabajo en las minas de carbón, yo podía largarme a Liverpool y conseguir trabajo en un barco. El problema era que solo tenía un chelín en el bolsillo, pero Liverpool no estaba tan lejos como el sur y, si echaba a andar por el camino del Correo hasta más allá de Glanaber, seguro que alguien me llevaba.

Entré a la trascocina a coger el pan del cesto, corté muchas rebanadas, las envolví en papel, me las metí en el bolsillo del abrigo y me volví a poner la gorra. Pero antes de apagar la luz y de salir, acerqué la vela a la repisa de la chimenea para mirar la fotografía una vez más. Era una fotografía de mi madre y la abuela que se hicieron el día del funeral de la tía Ellen. Y las dos estaban de pie y vestidas de negro, mi madre con aspecto joven al lado de la abuela, con ese sombrerito de ala plana, como el de Hughes el Párroco. Y aunque ambas sonreían a cámara, no costaba nada distinguir que todavía tenían los ojos llenos de lágrimas por el funeral.

Y la pobre abuela, con ese aire tan envejecido. Desde que se llevaron a madre había sido muy buena conmigo, aunque siempre estábamos discutiendo. Seguro que por la mañana se preocuparía al ver mi cama sin deshacer y sin saber dónde estaba. Más vale que le deje una notita, pensé. Y encontré un papel en el que escribí:

No se preocupe por mí, abuela. Me he ido a trabajar, igual que Huw. Un día volveré con mucho dinero y le compraré un montón de ropa elegante.

Dejé la nota en la mesa con el cuchillo del pan encima, para que el viento no la tirase. Y volví a la repisa una vez más antes de apagar la vela.

Ay, me la voy a llevar conmigo, dije, y me la metí en el bolsillo interior.

Mientras bajaba la calle distinguí lo que marcaba el reloj de los Calabozos a la luz de la farola. Eran las dos y media. Pero todo lo demás estaba oscuro a más no poder. Aunque podría haber llegado al campo de las Ovejas con los ojos cerrados, porque conocía hasta la última piedra de ambos lados de la calle, y cada farola y cada poste de telégrafos y cada verja. También sabía dónde acababa el empedrado y dónde empezaba otra vez, y dónde arrancaba ya sin empedrado el camino del Correo al principio del Lôn Newydd.

No me entró ni pizca de miedo cuando llegué al campo de las Ovejas, como sí me entraba años antes con Huw y Moi, o cuando iba yo solo y silbaba como un bobo al pasar por si veía un fantasma o al hombre del saco. Y era agradable poder irse del pueblo en la oscuridad, sin ver las tiendas ni el colegio ni la iglesia ni las casas ni nada. Porque si me hubiera ido en pleno día, me habría entrado demasiada nostalgia y a lo mejor se me hubiera partido el corazón antes incluso de llegar al campo de las Ovejas, y me habría dado la vuelta y habría ido a trabajar a la cantera con Ellis Evans.

No tuve problemas después de pasar el campo de las Ovejas porque para entonces ya no estaba tan oscuro, y yo andaba tan deprisa que, antes de saber dónde estaba, ya había llegado a Glanaber. Y pensaba lo estupendo que sería subir a un barco y ver el mar, y recordé cómo lo había visto por primera vez desde la cima del Foel, sentado con Ceri. Y la verdad es que no me habrían cogido si el hombre que me llevó desde Glanaber no me hubiera preguntado de dónde era y luego hubiera parado el camión cerca de Liverpool para hablar con un policía.

Caramba, por fin el lago Negro. Alguien ha tenido que derribar el muro, porque siempre tenía que treparlo para ver el lago Negro y ahora no me llega más que a las rodillas. Y puedo ver por encima de él incluso arrodillado. Vaya, cómo me duelen los pies. Me voy a quitar estos zapatos viejos un par de minutos.

Rediós, pero qué bonito está el lago. Es raro que lo llamen lago Negro porque en él veo el cielo. El lago Azul sería mejor nombre porque parece que está lleno de ojos azules. Ojos azules que me miran risueños. Ojos azules risueños.

Que yo sepa, podrían estar todos ahí dentro. Huw y Moi y Em y la abuela y Ceri y todos. Ah, sería maravilloso ver ahora a mi madre saliendo del lago, gritando: Ven aquí, diablillo. Otra vez haciendo trastadas con ese dichoso Huw.

Voy a gritar, solo para ver si hay eco. Ma-a-adre. Ma-a-adre. Ma-a-adre. Ah sí, claro que lo hay.

Me pregunto si será esta la Voz. Sí, esta es:

Yo soy la Reina del Lago Negro, repudiada por aquel que es Hermoso. Son mi reino las aguas pesarosas que se extienden más allá del dolor final, cuya amargura en efecto endulzara las aguas de Mará.

Docta soy en la alquimia de las lágrimas; fueron por mí recogidas en el caldero de los siglos, las analicé y las descompuse hasta reducirlas a su esencia.

Eterna y efímera, triste y dichosa, pesada y liviana fue la tarea; igual que la semilla en el vientre, fui presurosa de celda en celda, de persona en persona, en mi búsqueda.

Me habían sido asignadas la lucha y la pérdida y la derrota, y la pugna y la conquista y el intento de liberación bajo la bota que oprime.

Mientras recordamos el jardín, su llanto desesperado.

Conocí la emoción de la mañana y, en ella maravillada, gocé hasta saciarme, en adelante saciándome hasta más allá de la saciedad.

Alcé mi voz a los cielos, hasta las mismas vigas del suelo celeste, y como un cometa me fue devuelto a los labios mi llanto.

Las lluvias de mi arrepentimiento me lavaron hasta dejarme más pura que la risa del recién nacido, y me purificaron dejándome más limpia que el balar del cordero.

Mas luego, en efecto, volví a mi búsqueda, y tomé la cabeza de la criatura depositando en sus mejillas mi beso de fuego, y así convertí su saliva en sangre derramada.

Dame la palangana de debajo de la cama. ¿Por qué las bestias voraces han de desgajar la tierna fruta que despunta?

Mandé mis perros en su búsqueda, y con mis ojos presencié su regreso con mis opresores en sus fauces.

Se apresuraron mis carros siguiendo las ruedas del huracán, y llevaron a mis opresores a sus puestos asignados.

Los tenía ante mí, y repartí con ecuanimidad mis juicios entre ellos.

Y con las manos más hábiles cerré el nudo preciso, y con una dulzura sensual hice al acero probar la carne.

Le está bien empleado. Pero, después de todo, era mi hermano.

Exploró mi inocencia los secretos de los árboles, y como un profeta interpreté la música murmurada de sus pájaros.

Soñé los sueños de las pacanas; contemplé cómo brotaban en lo salvaje.

Humilde caminé por el liso sendero de lugares santos; vi cómo las uvas de sus viñas ungían a los elegidos.

Anhelaba el pan de vida, y mi anhelo fue saciado; sedienta aguardaba el vino de vida y en sol fui transformada, mi sed aún sin saciar.

Hice mío al sol, y en la luna reposé la cabeza, en mi lugar de solaz. Hice pillaje con el cómputo de estrellas, y con la vista atraje las nubes hasta las profundidades de mi reino.

Ordené al firmamento que se inclinase ante mí, y ella, la de los ojos azules, acató mi palabra.

Así con los ángeles y arcángeles y con todos los ejércitos del cielo.

Epílogo
Jan Morris[1]

Hace mucho tiempo, en un *wine bar* de Fleet Street, me dijeron que Caradog Prichard andaba por allí y que se trataba de un personaje peculiar. Me contaron que era un respetado periodista galés del *Daily Telegraph,* pero también un destacado poeta en lengua galesa. Había abandonado su pueblo tradicional de las montañas cuando apenas era un muchacho, vivía en Londres desde hacía muchos años, y su madre viuda, por lo que me dijeron, llevaba largo tiempo internada en un manicomio de Gales. Daba la impresión de que aquellas circunstancias eran

---

[1] Periodista, escritora e historiadora, vivió toda su vida (1926-2020) en Gales. Participó en la Segunda Guerra Mundial, y en 1953 acompañó a la primera expedición que alcanzó la cima del Everest como corresponsal de *The Times.* Sus libros de historia y de viajes le granjearon un gran reconocimiento. [N. del E.].

peculiares, qué duda cabe, pero a mí Prichard me pareció de lo más normal, de mediana edad, cordial y sociable y, por lo que recuerdo, no volví a pensar en él hasta varios años después, cuando leí *Un nos ola leuad (Una noche de luna),* su críptica obra maestra.

Lo cierto es que coincido con los teóricos franceses que sostenían que el autor de un libro resulta irrelevante, que una obra de arte debe sostenerse existencialmente sola, libre de su creador y sin necesidad de público. Creo que lo ideal sería leer *Una noche de luna* sin comentarios ni aparato crítico. Sin embargo, el libro está imbuido de las más profundas experiencias reales del autor (esas circunstancias peculiares que conocí por primera vez en aquel bar) en un grado mayor que la mayoría de las novelas, así que creo que, por una vez, son necesarias las explicaciones.

El «pueblo tradicional de las montañas» de Prichard, en el que nació en 1904, era la destacada población de Bethesda, dedicada a la extracción de pizarra y situada en el condado de Caernarfonshire. Su padre, trabajador de la cantera, murió en un accidente cuando Caradog tenía cinco meses, por lo que su madre tuvo que criarlos a él y a sus dos hermanos mayores en condiciones de extrema pobreza. Físicamente, Bethesda apenas ha cambiado hoy, y no resulta nada complicado recorrer los sinuosos senderos de la novela por calles grises y subiendo la falda de las montañas. Metafísicamente se trata de un lugar muy distinto, porque las canteras han cerrado, casi no hay vida ni gente en la iglesia ni en la capilla, han llegado muchos más residentes de Inglaterra y la sensación de que existe una comunidad homogénea, algo que confiere una irónica potencia a *Una noche de luna,* se está convirtiendo en un recuerdo nostálgico a marchas forzadas.

Prichard se marchó de Bethesda cuando era adolescente, primero para dedicarse al periodismo en varios periódicos locales, después se mudó a Londres, donde se convirtió en uno de los miembros más destacados de la comunidad galesa, y nunca dejó de presentarse (con gran éxito) a la competición nacional galesa del Eisteddfod, dedicada a la poesía y la música. Y en efecto, desde principios de la década de 1920, su madre estuvo ingresada en un hospital psiquiátrico de Denbigh, donde falleció en 1954.

Si a eso le añadimos dos años en el Ejército y en la Administración del Gobierno durante la Segunda Guerra Mundial y después de ella, asistimos a toda una vida de tristeza y amargura que bastaría para convertir a un santo en un neurótico misántropo. Pese a su carácter cordial y sociable, pese a gozar de un matrimonio feliz y del éxito tanto en su faceta de periodista como en la de poeta, Prichard vivía con un trágico trauma. Acabó obsesionado con la idea del suicidio, e intentó quitarse la vida en una ocasión; le atormentaba pensar en los tremendos apuros que su pobre madre demente había pasado para vestir y alimentar a su familia; y no cabe duda de que lo invadían, como les pasa a tantísimos galeses que han decidido vivir en el exilio, punzadas de nostalgia y quizá de culpa.

No obstante, el milagro que constituye *Una noche de luna* es, a mi entender, en esencia un libro de tono amable, casi nunca amargo, con frecuencia divertido y, al final, de una serenidad ambigua. Se publicó originalmente en 1961. Era una época en que, en Gales, la refutación de las ideas de siempre supuso un desafío a las sensibilidades literarias establecidas: se decía que Caradog Evans, casi coetáneo de Prichard, era el hombre más odiado de Gales por cómo ponía de manifiesto en sus relatos la hipocresía y la corrupción del entorno rural. Llama la atención que, aunque en *Una noche de luna* se habla de suicidios, perversiones sexuales, locura, adulterio y asesinato en ese pueblo de las montañas, el libro obtuviera un éxito inmediato entre lectores galeses de toda índole. En esencia, era un libro amable, y quizá ese fuera el motivo.

En mi opinión, *Una noche de luna* se resiste al análisis racional. Es una especie de sueño. El propio Prichard aseguró que era «una imagen irreal, vista en el crepúsculo y bajo la luz de la luna», e ilumina toda la obra una luz que, al igual que la de la luna, da la sensación de que desorienta, de que proyecta demasiadas sombras, de que brinda un súbito relieve a demasiadas estructuras. De Chirico podría haber ilustrado la novela con figuras de Brueghel el Viejo.

En una primera apreciación, el único hilo lógico lo aporta su estructura narrativa, cuyo esquema aparece en el primer capítulo. En él se narra la historia de un día y una noche, y la cuenta una única voz anónima. Pero resulta ser una voz de todo menos sencilla, porque, aunque es la de un muchacho, a veces resulta evidente que habla con la experiencia de un adulto, y, en tres ocasiones a lo largo del libro, la sustituyen unas proclamaciones misteriosamente proféticas y de origen inexplicable, como si interviniese un *deus ex machina*.

Esas fantasmales interrupciones, expresadas en un lenguaje elevado y poético, resultan aún más inquietantes por todos los demás pasajes en que la voz narrativa habla con una ingenuidad conmovedora. No solo se expresa dicha voz en el dialecto que se extiende por el norte de Gales, la *lingua franca* del condado minero de Bethesda, sino también con el vocabulario y el tono de un niño, que además resulta ser un chico especialmente encantador, siempre dispuesto a divertirse con inocencia y hacer travesuras inocuas, pero precozmente tierno en su compasión. El niño agradece los pequeños gestos de bondad. Vive muy entregado (quizá demasiado) a su madre viuda. Da la sensación de que en él hay algo triste y reflexivo que lo distingue de sus iguales, que nos lleva a apreciar en esas intervenciones celestiales la fatídica insinuación de una premonición.

Y entonces se hace evidente que la premonición alude a la locura. De hecho, es algo que se apunta en el primer párrafo del libro, con su incoherente aire litúrgico, su ausencia de marcas de diálogo y el extraño tono de la voz:

Voy a ir a preguntarle a la madre de Huw si puede salir a jugar. ¿Puede Huw salir a jugar, oh, Reina del Lago Negro? No, no puede, está en la cama, que es donde deberías estar tú también, diablillo, en vez de ir por ahí armando jaleo a estas horas de la noche. ¿Y dónde estuvisteis los dos ayer haciendo travesuras y volviendo loca a la gente del pueblo?

Dónde han estado ambos el día anterior conforma la trama aparente del libro, pero ni el lago Negro ni la gente del pueblo que se vuelve loca nos abandonan hasta las últimas páginas. En las primeras veintiocho páginas de *Una noche de luna* nos topamos con un profesor sádico, un exhibicionista de escasa inteligencia en una calle, un epiléptico al que le da un ataque, un hombre que acerca un cuchillo al cuello de su mujer, el cadáver de un hombre que vuelve a casa tras estar en un manicomio, una mujer a la que ingresan en un manicomio, un desahucio, rumores de perversión sexual, una mujer encerrada en un cobertizo de carbón, violentas peleas a puñetazos delante de La Campana Azul, una pareja que fornica en un bosque, un caballo que se muere de repente en un establo y una persona que se ahorca en un cuarto de baño. Y todo esto lo presenciamos a través de la sensibilidad de un niño, más perplejo que espantado ante lo que ve. Y, cuando en la página veintiocho se duerme abrazado a su madre en una clara noche de luna, es un misterio lo que nos espera a la mañana siguiente.

Esta noche hay luna llena. ¿Por qué no puede Huw salir a jugar, oh, Reina del Lago Negro?

Mientras el chico pasea por el pueblo ese día, va rememorando episodios de su vida, pero mientras pasea también se va haciendo mayor y, aunque sigue hablando como un niño, parece mirar como un adulto. A veces tiene una edad, a veces otra, y las circunstancias trágicas de su infancia las rememora tanto desde el niño como desde el adulto: la pérdida de sus dos mejores amigos, la de su madre cuando se la llevan al hospital psiquiátrico, las excentricidades de los vecinos del pueblo, la pobreza y, en algún lugar, la presencia del ominoso lago Negro. La muerte y la locura son dos de los temas del libro y, mientras observamos a la luz de la luna, nos vamos percatando de que estamos presenciando el lento avance de la insania. Nunca llegamos a saber cuánto hay de real en la narración, cuánto de alucinación. Cuando pisamos al fin la orilla del lago Negro, sabemos que nos acompaña un asesino, pero no la edad que tiene, si está en libertad o preso, si está loco o cuerdo, a punto de sumirse en un abismo o recién salido de él…Todas esas preguntas acaban en una nebulosa imprecisión que nos lleva a preguntarnos si el propio autor, en su personaje sin nombre del chico de Bethesda, o en su otro personaje de aspecto normal, el del bar de Fleet Street, llegó a tener alguna respuesta.

Y aun así… Hablo únicamente en mi nombre, desde luego, pero yo he releído *Una noche de luna* una y otra vez no por las tragedias que narra, ni siquiera por su carácter extraño e inquietante, sino por la dulce compasión que recorre la obra.

Esta novela se terminó
de imprimir en abril de 2024, 120 años
después del nacimiento de Caradog Prichard en
Bethesda, una localidad pizarrera de Gwynedd, en el
noroeste de Gales. Uno de los grandes escritores en galés,
saltó a la fama nacional cuando su obra poética obtuvo la
Corona en el Eisteddfod Nacional de Holyhead, en 1927;
con veintidós años, fue el más joven en ganarla, y volvió
a lograrla dos veces más, en 1928 (Treorchy) y 1929
(Liverpool), siendo el único que se ha coronado
tres años consecutivos, lo que provocó un
cambio en el reglamento.